KB117362

길앙이

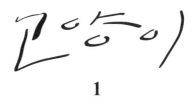

1

베르나르 베르베르 장편소설
전미연 옮김

이 책은 실로 꿰매어 제본하는 정통적인 사철 방식으로 만들어졌습니다.
사철 방식으로 제본된 책은 오랫동안 보관해도 손상되지 않습니다.

키보드를 두드리는 내 손놀림이 빨라지면, 그래서 내가 감히 자기 아닌 다른 상대에게 관심을 갖는다고 느끼면 어김없이 키보드를 밟아 대는 암고양이 도미노를 선물해 준 소설가

친구 스테파니 자니코에게

개의 생각: 인간은 나를 먹여 주고 지켜 주고 사랑해 준다, 인간은 신이 분명하다.

고양이의 생각: 인간은 나를 먹여 주고 지켜 주고 사랑해 준다, 인간에게 나는 신이 분명하다.

— 작자 미상

우리를 동급으로 여기는 건 돼지밖에 없다.

— 윈스턴 처칠(인간 정치인)

개는 백스무 가지 인간의 어휘와 행동을 이해하고 배울 수 있다. 개는 열까지 셀 줄 알고 더하기나 빼기 같은 간단한 셈도 할 수 있다. 다섯 살짜리 인간 아이와 맞먹는 사고 능력을 지닌 셈이다.

　반면 고양이는 숫자를 세거나 특정한 말에 반응하거나 인간이 하는 동작을 따라 하게 가르치려 들면 즉시 쓸데없는 짓에 허비할 시간이 없다는 의사 표시를 한다. 인간으로 치면…… 쉰 살 성인과 맞먹는 사고 능력을 지닌 셈이다.

　　—에드몽 웰스 교수(인간 과학자이자 고양이 소유자)

1

묘생(猫生)을 걸다

인간을 이해하는 고양이, 내가 그간 겪은 우여곡절은 이루 말할 수 없다.

아기 때부터 나는 수수께끼 같은 인간들을 흥미롭게 지켜봤다.

이리 뛰고 저리 뛰면서 이해할 수 없는, 아니 우스꽝스러운 행동을 하는 인간들을 눈여겨보다 보니 자연스럽게 호기심이 생겼다. 궁금한 게 한두 가지가 아니었다.

왜 저런 이상야릇한 행동을 하지?

저들과 소통할 수 있을까?

궁금증이 날로 커져 가던 차에 〈그〉를 만났다. 일생일대의 행운.

〈그〉 덕분에 인간의 작동 방식과 풍습, 인간이 이상한 행동을 하는 근본적인 이유를 알게 됐다.

모든 존재는 만남을 통해 변화하게 마련이다.

〈그〉가 없었으면 나는 그저 그런 암고양이에 불과했을 수도 있다. 〈그〉가 없었으면 기상천외한 일들은 나한테 벌어지지 않았을 수도 있다. 〈그〉가 없었으면 놀라운 발견의 기회들은 애당초 내게 오지 않았을 수도 있다.

지금 모든 것의 발단이 되었던 그때를 돌아보면 집에 혼자 남겨져 지루하고 무료한 시간을 보내던 모습부터 떠오른다. 얼마나 주변의 존재들과 소통을 원했던지.

그때부터 나는 이미 확신했다.

살아 있는 것은 모두 영혼이 있다.

영혼을 가진 것은 모두 소통이 가능하다.

소통하는 것은 모두 나와 직접 대화할 수 있다.

나는 소통을 만병통치약으로 여기며 주변 존재들과의 교류에 관심을 가지기 시작했다. 이런 목표가 있었기에 망정이지, 안 그랬으면 어땠을까? 먹고 자는 게 전부였겠지? 나를 둘러싼 세상은 생명력이 넘쳐 나는데 나는 세월이나 축내고 있었겠지?

하지만 세상일이 마음만 먹는다고 되는 건 아니다. 목표를 이루려면 걸맞은 전략을 수립해야 한다.

어떻게 다른 존재들에게 다가갈 것인가?

대장정은 이렇게 시작됐다…….

2

대화가 필요해

나는 천천히 눈을 감는다, 숨을 깊이 들이마신다, 내 몸이 느껴진다, 머릿속에 자리 잡은 정신의 존재가 느껴진다.

조그만 공처럼 생긴 폭신폭신한 은빛 구름이 뇌 가운데 떠 있다. 구름은 얼마든지 커질 수 있다. 정신의 구름이 죽 늘어나 펼쳐져 원반이 된다. 넓게 펼쳐지면 펼쳐질수록 나는 주변 공간을 더 섬세하게 감지할 수 있다. 내 정신은 이제 하늘하늘한 레이스 받침처럼 크게 펼쳐져 있다. 감응력 있는 막을 형성한다.

멀리서 발생한 파동들이 내게 모여든다. 크기와 형태가 제각각인 수십 개의 생명체가 몸을 떨고, 숨을 쉬고, 생각을 하고, 각자의 언어로 발신한다. 멀리서 파리 떼가

왱왱거리는 소리가 거미줄을 흔들듯, 파동들이 내 몸을 흔든다.

나는 눈을 감은 채 모든 신체적 감각과 정신적 감각을 동원해 소리를 듣는다.

가령, 지금 잡히는 이 파동.

의심의 여지가 없다, 내 감각 지대 안에 의식을 가진 존재가 들어와 있다.

불안에 떠는 생각이 감지된다.

나는 눈을 뜨고 발신지를 찾기 시작한다, 신호가 오는 방향으로 몸을 튼다.

두 눈이 확인에 나설 차례다. 지능을 가진 이 존재의 정체는 무엇일까.

보인다. 뛰어난 미모.

나는 잰걸음으로 다가간다.

내 후각 기관과 청각 기관이 추가 분석을 마친다.

오묘한 체취.

두리번거리며 불안하게 주위를 살피는 커다란 갈색 눈동자.

그녀가 크림이 듬뿍 묻은 케이크를 혀끝으로 핥고 있다. 갸름한 얼굴, 반짝거리는 하얀 이빨. 검고 길쭉한 손톱이 달린 손가락에 힘을 바짝 주어 케이크를 오그려 잡고 있다.

고혹적이야.

예전 같으면 기분이 상했겠지. 내 반응을 떠보려고 일부러 못 본 체한다고 생각했을 테니까. 하지만 새롭게 정신의 확장을 경험하고 난 지금, 그녀는 내게 소통의 대상일 뿐이다. 에너지로 채워진 하나의 생명체일 뿐이다.

이제 소통이 가능한 파장을 찾아야 한다.

조금 더 다가가 볼까.

나는 정신을 모아 분명한 생각을 그녀에게 보낸다.

안녕하세요, 마드무아젤.

무반응. 그렇다면 행동으로 옮기자. 앞발을 내딛는 순간 삐걱하고 마룻바닥이 소리를 낸다. 그녀가 고개를 돌려 나를 보더니 소스라치게 놀란다. 겁에 질려 케이크를 내팽개치고 줄행랑을 친다.

그녀가 미끈하고 딴딴한 근육질의 넓적다리를 쭉쭉 뻗으며 전속력으로 달아난다.

나는 그녀를 뒤쫓기 시작한다.

껑충껑충 달아나는 모습이 운동선수 못지않다.

나는 간격이 벌어지지 않게 죽을힘을 다해 달린다. 거

의 따라잡자 새로운 디테일이 눈에 들어온다. 길고 가느다란 연분홍 꼬리. 그래, 치명적인 매력의 비밀은 바로 이거였어.

나는 다시 정신을 집중해 생각을 내보낸다.

반가워요, 생쥐 양.

그녀가 냅다 속력을 내기 시작한다.

이봐요, 기다려요! 괴롭히려는 게 아니에요. 케이크를 훔쳐 먹든 말든 난 상관 안 해요. 얘기를 나누고 싶을 뿐이에요.

그녀가 필사적으로 달아난다.

아니, 저기요, 가지 말라니까!

생쥐의 등 뒤에서 꼬리가 뱅글뱅글 춤을 추고 있다. 우아함의 극치. 저렇게 조화롭게 신체를 움직이는 존재가 나는 좋아.

그래, 일단 따라잡고 나서 대화를 시도해 보자. 나도 속력을 높여 뒤쫓아 뛰기 시작한다. 부엌에 있는 스툴을 넘어뜨리며 거실로 내뛰어 꽃병을 치고 달리다가 카펫을 발톱으로 잡아당겨 가까스로 멈춘다.

정신없이 좌우로 커브를 틀면서 왁스가 칠해진 마룻바닥을 미끄러지며 달리다가 나자빠지기 직전에 바닥을 긁으면서 간신히 평형을 잡는다.

그새 그녀는 저만치 달아나 있다. 빠끔히 열린 지하실 문으로 후다닥 사라지는 실루엣.

그녀가 지하실로 통하는 계단을 내리닫는다. 나도 다시 전속력으로 달린다.

세탁기와 유모차, 낡은 그림들과 포도주병들 사이에서 추격전이 벌어진다. 환기창으로 들어오는 가느다란 빛줄기가 전부인 캄캄한 지하실에 들어서는 순간 동공이 확대된다. 틈처럼 세로로 벌어져 있던 내 두 눈이 동그랗게 커진다. 나는 암흑에 가까운 어둠 속을 자유자재로 움직이기 시작한다.

자랑 같지만 고양이들한테는 이런 재주가 있지.

먼지가 뽀얀 바닥에 작은 발자국들이 찍혀 있다. 한참 따라가다 보니 족적이 뚝 끊긴다.

예민한 청각이 나설 차례다. 나는 눈을 감고 쥐의 위치를 알아내기 위해 귀를 바짝 세운다. 이번엔 수염이 한몫할 차례다. 수염 끝이 미세하게 떨리면서 귀가 파악한 위치 정보를 보완하기 시작한다.

저기다.

직감대로 발자국이 벽 틈새로 이어지고 있다. 장작이 담긴 마대 자루 바로 옆.

나는 발소리를 죽이며 다가간다.

생쥐 양, 안에 있죠?

쿵쾅거리는 심장 소리가 들린다. 그녀가 극심한 공황 상태에 빠졌다는 증거다.

나는 머리를 숙여 기껏해야 내 앞발만 한 구멍 속을 들여다본다.

그녀가 입을 헤벌린 채 눈을 땡그랗게 뜨고 있다. 꼬리를 다리 사이에 말아 넣고 몸을 바들거린다.

대체 내가 왜 무서워? 나 같은 어린 암고양이가 뭐가 무섭다고?

우리 두 종이 오랜 세월 소통 없이 살다 보니 불신이 쌓인 거겠지. 나는 정신을 집중해 텔레파시로 메시지를 전달하고 나서 저주파로 갸르릉거리기 시작한다.

죽이려는 게 아니라 정신을 가진 존재끼리 대화나 해보자는 거예요.

그녀가 뒷걸음질을 치며 구석에 몸을 붙인다. 이빨이 부딪히는 소리가 들릴 정도로 몸을 달달 떨고 있다.

중주파 음역대로 바꿔 보자. 나는 다시 갸르릉 소리를 낸다.

겁내지 말아요.

그녀가 숨을 할딱인다. 맥박도 한층 빨라진다. 내 생각을 정반대로 감지했나. 그래도 목표가 거의 눈앞에 보이는 것 같은데.

오해하지 말아요, 나는……

요란한 폭음이 귓전을 때린다. 나는 몸을 소스라뜨리면서 귀를 세운다. 앞길에서 나는 소리가 틀림없다. 콩 볶듯 하는 파열음이 수차례 들리더니 비명 소리가 울린다.

나는 부리나케 2층으로 뛰어 올라가 발코니로 나간다. 아래가 한눈에 내려다보이는 곳에서 두리번거리며 혼란의 원인을 찾는다.

검은색 옷을 입은 인간이, 파란색과 흰색과 빨간색이 섞인 깃발이 대문 높이 걸려 있는 큰 건물에서 나오는 어린 인간들을 향해 막대기 비슷한 것을 휘두르는 게 보인다. 막대기 끄트머리에서 불꽃이 튀고 있다.

인간 몇이 넘어지더니 꼼짝을 하지 않는다. 나머지는 비명을 지르며 우왕좌왕하고 검은 옷을 입은 사내는 여전히 막대기를 들고 폭발음을 내고 있다. 막대기에서 더이상 불꽃이 나오지 않자 사내가 막대기를 바닥에 내던지고 인도에 쓰러져 있는 인간들을 지나쳐 달아난다.

한 무리의 인간이 쫓아와 우리 집 대문 근처에서 그를

잡는다. 검은 옷 사내와 쫓아온 인간들이 주먹과 발길질을 주고받는다.

비명 소리와 신음 소리가 뒤섞여 울려 퍼지는 사이 사방에서 차들이 나타난다.

지붕에 달린 파란색 불이 빙글빙글 돌면서 요란한 소리를 내는 차 한 대가 검은 옷을 입은 인간을 태우고 현장을 떠난다. 우리 집과 깃발이 걸린 건물 주변으로 인파가 모이기 시작한다. 비명 소리가 멎자 인간들이 큰 소리로 빠르게 말을 내뱉는다. 인간들의 감정이 손에 잡히는 구름처럼 생생히 감지된다. 고통. 한쪽에서 인간들이 둘씩 짝을 짓고 있다. 한 사람이 둥그런 물건을 손에 들고 말을 하면 다른 사람이 불이 달린 막대기로 그를 밝게 비춘다. 공을 든 사람이 인간의 언어로 한참 말을 쏟아 내고 나자 불이 꺼진다.

역시 지붕에 파란 불이 달린 흰 트럭 한 대가 요란한 소리와 함께 도착하더니 바닥에 있던 인간들을 한데 모아 싣고 떠난다. 내 몸은 본능적으로 현장의 악한 기운과 나쁜 파동들을 빨아들이기 시작한다. 인간들의 공격성과 그들이 느끼는 고통, 부당함이 내 몸으로 흡수된다. 갸르릉거리면서 주위를 정화하려고 애쓰지만 마음이 착잡해진다.

　무슨 일일까. 인간들이 저런 이상한 행동을 하는 건 난생처음 보는데, 대체 무슨 일이 벌어지고 있는 걸까?

　나는 인간을 좋아한다. 하지만 여전히 인간은 내가 이해할 수 없는 존재다.

3

인간 집사

인간은 우리와 참 다르다.

신체부터가 다르다. 그들은 몸을 수직으로 펴고 뒷다리를 써서 움직인다. 그런 불안정한 자세를 유지할 수 있다는 게 놀랍고 신기하다. 그들은 우리보다 몸이 길고 덩치도 크다. 팔에는 관절로 연결된 손가락이 붙은 손이 달렸고, 손끝에는 우리처럼 뺐다 넣었다 할 수는 없는 납작한 손톱이 붙어 있다. 피부는 조직으로 덮여 있다. 둥글고 납작한 귀가 얼굴 양옆에 붙어 있다. 콧수염은 길이가 짧고 육안으로 보이는 꼬리는 없다. 우리처럼 야옹야옹하는 대신 혀를 입천장에 붙였다 뗐다 하면서 목으로 소리를 낸다. 몸에서 버섯 냄새가 난다. 대개가 아주 시끄럽고 서투르며 평형 감각이 몹시 떨어진다.

엄마는 늘 나한테 말했다. 〈인간들을 조심하렴. 도무지 종잡을 수가 없어.〉

고양이도 제 말 하면 온다더니, 〈내 시중을 드는 인간〉이 집 앞 인파를 헤치고 모습을 나타낸다.

우리 집사는 미모가 빼어난 암컷이다. 그녀는 윤기가 흐르는 풍성한 갈색 털을 길게 길러 빨강 고무줄로 깜찍하게 묶고 다닌다.

이름은 나탈리. 집사가 커다란 상자를 겨우겨우 안고 현관 문턱을 넘는다. 마음 같아선 대신 들어 주고 싶다고 얘기하려고 나는 쏜살같이 달려간다. 이빨을 귀엽게 부딪치며 그녀의 다리 사이를 왔다 갔다 한다.

집사가 깜짝 놀라 기우뚱 넘어질 듯하더니 간신히 균형을 잡으면서 뭐라고 뭐라고 말한다. 내가 알아들을 수 있는 건 〈바스테트〉라는 내 이름(이것도 내 나름대로 추론해 얻은 결론이다)이 다. 어쩨 어조가 나랑 놀자는 것 같네. 그래, 까짓것, 놀아 주자. 내가 한쪽 발로 그녀의 다리를 툭 치듯이 잡는다. 아이고, 이번엔 상자를 끌어안고 아예 대자로 누워 버리네. 그러게 왜 뒷다리로만 걸어 다니냐고, 쯧쯧쯧.

친근하게 재밌는 장난도 쳐주는 내가 고맙지? 그래, 당연히 쓰다듬어 주고 싶을 거야. 나는 갸르릉거리며 다시 그녀에게 다가가 몸을 비비댄다. 그녀는 알아듣지 못할 말을 웅얼웅얼 뱉는다. 왠지 밖에서 벌어진 일 때문에 나만큼 심한 충격을 받은 것 같다. 나는 물어뜯다 팽개쳐 놓은 양말(인간의 땀 냄새는 시큼하지만 맡고 있으면 은근히 기분이 좋아진다) 한 짝과 집사를 번갈아 쳐다본다. 기분 전환이나 하자고. 눈치 없는 집사가 몸을 일으키더니 상자를 살살 흔들어 내용물의 상태를 확인한다.

그녀가 안심한 얼굴로 거실을 향해 걸어간다.

아하! 나한테 줄 새 장난감이구나? 이번엔 부피도 크고 제법 무거워 보이네? 음…… 뭘까……. 커다란 플러시 인형이거나 방울 달린 장난감, 아니면 털실 뭉치? 털실 뭉치에는 내가 사족을 못 쓰지.

막상 정체를 드러낸 선물은 실망스럽기 짝이 없다. 두툼하고 모서리가 각진 검은색 판. 집사가 30분 가까이 낑낑대며 물건을 벽에 걸어 고정시킨다. 나는 냉큼 테이블로 뛰어 올라가 물건을 요리조리 들여다보면서 앞발로 건드려 본다.

차갑고 우울한 느낌이 나는 돌판. 파동도 전혀 나오지 않는다.

나는 마음에 안 찬다는 뜻으로 입을 크게 벌려 하품을 한다.

나탈리는 아랑곳하지 않고 새 물건에 정신이 팔려 있다.

그녀가 전원을 넣자 돌판 표면에 색점들이 나타나고 이상한 소리가 울려 나온다. 그녀가 의자에 앉아 검은색 케이스를 들고 색깔과 소리를 조절한다.

한 번 더 늘어지게 하품을 하다 보니 문득 허기가 느껴진다. 난 배고픈 건 절대 못 참아.

그런데 응당 나한테 신경을 써야 할 집사가 불로 달려든 불나방처럼 벽에 붙은 이상한 램프 앞을 떠나지 못하고 있다.

나는 그녀의 마음을 읽기 위해 정신을 집중한다. 심한 정신적 충격을 받은 게 분명하다. 나는 검은색 판으로 시선을 돌려 반짝거리는 색점들을 관찰한다. 어, 베이지색 동그라미 속에 인간의 얼굴이 들어 있네. 이 베이지색 점들과, 걸어다니는 인간과 자동차가 들어 있는 색점들이 번갈아 검은 바탕에 나타난다. 어디 보자……. 저건? 낮에 봤던 장면이잖아. 인간들한테 붙잡혀 지붕에 파란 불이 달린 시끄러운 차에 태워지던 검은 옷의 사내. 돌판에서는 빠른 속도로 말하는 인간들의 목소리가 끊임없이 흘러나온다.

한 장면이 꽤 길게 화면에 머문다. 벌건 웅덩이에 누워 있는 어린 인간들의 모습. 분노에 찬 목소리는 더욱 빨라진다.

한참 동안 눈으로 보고, 귀로 듣고, 집사의 정신에 집중한 끝에 나는 환한 빛이 나오는 창문 속 인간들이 누워 있는 게 아니라 죽었다는 사실을 깨닫는다.

인간이 영원히 살진 않나 보네.

그동안 몰랐던 흥미로운 정보다.

집사가 동족이 죽는 걸 구경하려고 저 판을 구해 왔단 말이야?

나는 집사의 감정을 자세히 알아보려고 무릎에 올라가 앉는다. 예상대로 뒤숭숭한 마음이 감지된다. 생쥐한테서 나오던 진동과 흡사한 진동. 공포에 떨고 있다는 뜻이다. 감정이 증폭되고 에너지 흐름이 갈수록 불규칙해진다. 나는 생쥐한테 했듯이 갸르릉거리면서 메시지를 내보낸다.

걱정하지 마.

역시나, 정반대 효과가 나타닌다. 집사가 돌판의 소리를 높이더니 급기야 담배를 피워 문다.

끈적끈적한 연기가 털에 스미면 텁텁한 맛이 잘 빠지지 않아서 난 담배는 딱 질색이다.

나는 싫은 내색을 하면서 무릎에서 뛰어내린다. 부엌에 가서 앞발로 밥그릇을 톡톡거리면서 소리를 낸다. 인간의 일도 나름 중요하긴 하겠지만 집사의 책임을 다하는 것이, 가령 나한테 당장 밥을 대령하는 것이 급선무가 아니겠어.

그녀는 꿈쩍할 생각도 하지 않는다. 나는 일부러 목이 터져라 소리를 지른다. 야옹야옹야옹.

집사가 드디어 엉덩이를 떼고 일어난다. 휘청휘청 걸어오더니 문을 닫아 나를 주방에 가둬 버린다. 그리고 돌아가 의자에 앉는 소리. 검은 돌판은 고막이 터질 듯이 왕왕댄다.

내 시중을 들어야 할 인간이 자기 생각만 하다니, 기가 찰 노릇이야! 이럴 때마다 정이 떨어진다니까.

뛰어올라 문을 박박 긁어 대도 반응이 없다. 이러니 내가 소통에 목숨을 거는 거야.

얼마나 더 저렇게 넋을 놓고 있을지 모르니 내 밥은 내가 챙기는 수밖에. 나는 찬장으로 뛰어올라 사료 봉지를 물어뜯는다. 봉지가 어찌나 질긴지 한참 만에야 겨우 입이 들어갈 구멍이 확보된다.

그럼 그렇지, 봉지를 뜯어 놓으니까 나타나시는군. 나탈리가 얼이 나간 표정으로 걸어와 밥그릇에 사료를 부어 준다.

나는 어금니로 오도독오도독 맛있게 씹어 먹는다.

포만감을 느끼면서 거실에 돌아와 보니 집사는 다시 발광판 앞에 붙박여 있다. 그런데, 어, 저건 뭐지? 그녀의 눈에서 투명한 액체가 흘러내리고 있다. 몸에서도 부정적인 파동들이 나온다. 이런 일은 처음인데.

나는 그녀의 무릎에 뛰어올라 까끌까끌한 혀로 뺨을 핥아 준다. 짭짤한 맛.

어느새 흐르던 물이 멈추고 검은 판 속의 장면도 바뀌어 있다. 공을 갖고 노는 한 무리의 인간들을 위에서 비춘다. 어찌 된 일인지 인간들이 장난감을 손에 들지 않고 발로 차면서 서로 쫓아다닌다. 배경에서 흘러나오는 왕왕거리는 소리는 이 어설픈 인간들을 욕하는 소리처럼 들린다.

어둡던 나탈리의 얼굴이 점점 밝아지더니 이제는 아주 신이 나 보인다. 한참 뒤에 그녀가 발광판을 끄자 소리가 일제히 멎는다.

그녀가 몸을 일으키더니 천천히 부엌으로 걸어간다. 연녹색 수프와 노란색, 분홍색, 흰색이 섞인 음식을 먹으면서 빨간 액체를 홀짝거린다. 접시를 식기세척기에 넣고 나서 전화기에 대고 한참 말을 한다. 샤워를 하고 나오더니 핀셋을 들고 콧수염 털을 뽑는다(나로선 죽었다 깨도 이해가 안 되는 행동이다. 가뜩이나 균형 감각이 빵점인데 주둥이 털까지 없어지면 더 잘 넘어지고 외부 파동은 아예 감지할 수도 없을 텐데 어쩌려고). 그녀가 얼굴에 초록색 크림을 펴 바르고 땅이 꺼져라 한숨을 내쉬면서 침대에 눕는다.

이제 슬슬 나서 볼까. 나는 사뿐사뿐 걸어가 침대로 뛰어오른다. 집사의 가슴에 올라가 앉는다. 콩닥거리는 그녀의 심장 소리. 다른 존재의 심장을 즉물적으로 느끼는 건 황홀한 경험이다. 나는 몸을 동그랗게 말고 갸르릉거리면서 그녀에게 텔레파시 메시지를 보낸다.

진정해.

나탈리가 갸르릉거리면서 곁을 지키는 내가 고마운지 뭐라고 중얼거리면서 나를 쓰다듬는다. 어조를 바꿔 가면서 〈바스테트, 바스테트〉 하더니 내가 제일 좋아하는 행동을 한다. 살살 목 밑 털을 쓸어 올려 준다. 나는 더 넓게 쓰다듬으라고 턱을 위로 치켜든다.

그녀가 손동작을 멈추더니 나를 뚫어져라 쳐다보면서 눈을 깜빡인다. 얼굴을 뒤덮은 초록색 크림 사이로 미소를 짓는다.

나는 인간의 입이 위쪽으로 실그러지는 것은 기분이 좋을 때 나타나는 현상이라는 것을 오랜 경험으로 안다. 반대로 자꾸만 내 이름을 크게 부르면서 손가락을 흔들어 대면 무슨 사달이 났다는 뜻이다.

내가 기분이 좋아져 배를 드러내고 발라당 누워도 눈치 없는 집사는 연신 목 밑만 쓰다듬는다. 꼭 힌트를 줘야 알아듣나. 나는 머리를 흔들고 다리를 쩍 벌리면서 갸르릉거린다. 〈강박성 쓰담증〉이 있는 집사는 내 기분을 무시한 채 습관적으로 계속 손을 놀린다.

한참 만에야 그녀가 내 배에 손을 얹는다. 아, 기분 좋아. 나는 그녀의 손을 다정하게 핥아 준다. 그녀가 쓰다듬은 곳을 할짝할짝 핥으면서 냄새를 내 몸에 묻힌다. 나는 그녀가 잠든 걸 확인하고 몸을 빼서 베개에 올라앉는다. 그녀의 머리털에 몸을 비비면서 내 생각을 전한다.

집사, 내 소원을 말할게.

1. 아까 건너편 건물에서 검은 옷을 입은 인간이 소란

을 피우던데, 무슨 일인지 설명해 줘.

2. 인간들 목소리가 들리고 죽은 인간들 모습도 보이는 발광판의 정체가 뭔지 설명해 줘.

3. 밥을 달라고 하면 기다리게 하지 말고 즉시 줘.

4. 끈적끈적한 연기가 털에 배는 게 싫으니까 담배는 피우지 마.

5. 내가 배를 드러내고 누우면 즉시 쓰다듬어.

6. 그리고 절대, 절대 문은 닫지 마. 갇히는 건 질색이란 말이야.

나는 소통 가능성을 높이기 위해 메시지를 반복해서 내보낸다.

어느새 바깥 하늘이 어두워져 있다. 밤이다. 야행성인 내가 집사처럼 잠이나 쿨쿨 잘 순 없지. 나는 3층에 올라가 전략적 관찰 지점에 조심스럽게 균형을 잡고 앉는다 (집사는 내가 난간에 올라갈 때마다 불안해서 난리지만 걱정을 시켜서라도 애정을 확인하는 게 나는 은근히 좋거든).

파란 불빛을 내쏘는 차들이 거리를 막고 있다. 대기에 가득했던 부정적인 파동들은 사라졌다. 현장에는 노란

띠가 쳐져 사람들의 접근을 막고 있다. 흰 작업복 차림의 인간들이 바닥을 훑으면서 떨어진 물건들을 줍고 있다. 몇몇은 아스팔트에 흰색으로 그림을 그린다. 열심히 베이지색 가루를 뿌려 핏자국을 덮는 인간들도 보인다.

나는 땅으로 향하던 시선을 거두어 하늘을 올려다본다. 밤공기를 몸 깊숙이 빨아들이며 감각의 더듬이를 움직인다.

세찬 바람에 수런거리는 나무들을 응시하다가 흥미로운 광경을 발견한다. 몇 달째 비어 있던 옆집에 불이 환히 켜져 있다. 3층 커튼 뒤에서 그림자가 어른거린다. 문제의 실루엣이 빠끔히 열린 발코니 창을 빠져나오더니 발코니 난간 끄트머리에 올라와 앉는다.

파란 눈. 검은 머리털. 연회색 몸통. 뾰족한 귀. 나처럼 흰옷을 입은 인간들을 내려다보던 샴고양이가 몸을 틀어 거만한 표정으로 나를 건너다본다.

4

정체 모를 이웃

나는 새로운 만남을 즐긴다.

수컷이 저런 눈길로 나를 바라본다는 건 백발백중 나한테 반했다는 뜻이야. 처음 있는 일은 물론 아니야, 이번이 마지막일 리도 없고. 가만히 있어도 매력이 발산되는 걸 난들 어떡해.

야옹. 내키지 않는 인사를 건넸는데 오만무례한 상대는 눈길조차 주지 않는다. 거만한 꼴이 아니꼽지만 내가 좋아하는 샴고양이니까 참아 주마.

나는 다정한 몸짓을 취한다. 귀를 살짝 세워 앞으로 기울인 상태에서 콧수염을 옆으로 활짝 펼치면서 꼬리를 빳빳이 세운다.

여전히 무반응.

평소 같으면 모욕감에 당장 자리를 떴을 것이다. 하지만 오늘 밤은 딱히 할 일이 없고 천성적으로 타고난 호기심도 발동해서 자존심을 접고 건너편 발코니로 건너뛸 준비를 한다.

나는 뒷다리에 힘을 넣어 몸을 웅크리고 착지점을 설정한 다음 도약과 동시에 몸을 뻗는다. 두 집 사이 허공에서 몸을 쫙 펼치면서 발가락과 발톱을 밖으로 뺀다. 0.5초 동안 하늘을 난다. 추진력과 거리 계산에 실패하는 바람에 착지하려던 난간을 불과 몇 센티 앞두고 몸을 버둥거리며 추락한다.

발톱을 철제 난간에 걸지 못해 아래로 죽 미끄러져 내린다.

샴고양이는 미동도 없이 지켜보기만 한다.

망신살이 뻗쳤네, 뻗쳤어.

다행히 담쟁이덩굴을 붙잡아 죽기 살기로 발톱을 세우면서 발코니까지 기어 올라간다.

샴고양이는 여전히 무반응.

나는 가까스로 목표점에 도달해 난간으로 몸을 끌어 올린다. 야옹거리면서 그에게 다가간다.

돌부처 아니야?

가까이 다가가 보니 샴고양이는 열 살은 먹어 보인다 (이제 겨우 세 살인 나에 비하면 노묘인 셈이다). 정수리에 특이한 액세서리를 달고 있다. 네모 모양의 연보라색 플라스틱 판.

본래는 예민한 성격이지만 나는 아무 일 없었다는 듯 말을 건다.

「새로 이사 왔어요?」

대답은 없지만 상대방의 몸에서 따뜻한 파장이 나오는 게 느껴진다.

「같이 얘기 좀 할래요? 나는 바로 옆집에 사는데, 이렇게 가까이 고양이가 있으니까 참 좋네요.」

그가 무심한 표정으로 다리를 핥다가 치켜들어 오른쪽 귀를 비빈다. 가벼운 생각에 잠겼다는 증거. 일단은 긍정적인 신호다. 오늘 내가 얼마나 고생을 했는데, 같은 언어를 쓰는 고양이와의 소통에까지 실패할 순 없지.

「그쪽 정수리에 붙은 연보라색 판은 뭐죠?」

그가 나를 뚫어져라 쳐다보더니 시큰둥하게 말한다.

「내 제3의 눈이야.」

「제3의 눈? 그게 뭔데요?」

「USB 단자야. 컴퓨터에 접속해서 인간들과 소통할 수 있게 해주지.」

뭐, 뭐라는 거야?

「U······ 뭐요?」

곧 죽어도 못 알아들었다고 하긴 싫은데 상대는 한 번 더 말해 주지 않는다.

대신에 연보라색 플라스틱 덮개를 발로 집어 빼더니 내 앞으로 머리를 숙인다. 흠, 백문이 불여일견이라는 말이지?

목을 길게 빼서 들여다보니 테두리가 금속이고 정확하게 직사각형 모양으로 생긴 구멍이 그의 뇌로 바로 뚫려 있다.

「사고로 생긴 상천가 보죠? 아프겠다.」

「아니, 일부러 만든 거야. 아주 유용해.」

「이걸 가지고 인간들한테 무슨 얘기를 하는데요?」

그가 연신 다리를 핥다 치켜들어 귀를 비빈다.

「아무 얘기도 안 해.」

「그럼 이게 무슨 소용 있어요?」

「내가 인간들한테 말을 하진 않지만 인간들은 나한테 많은 걸 가르쳐 줘. 덕분에 인류가 어떻게 작동하는지, 나아가 우주가 어떻게 작동하는지 이해하게 됐어.」

이런 말을 대수롭지 않게 툭툭 내뱉는 상대의 자신감과 자기 확신이 놀랍다 못해 아니꼽다. 그런데 정작 나를 기죽이는 건 그의 말투가 아니라 말의 내용이다. 저 고양이가, 정말로, 인간을 이해할 수 있다고?

「나도 인간들과 얘기를 하려고 애깨나 써봤어요. 그런데 거의 이해를 못 하더군요. 오늘 저녁만 해도 우리 집사가 밥도 제때 안 주고 방에 가두기까지 했어요. 빛과 소리가 나오는 커다란 검은색 판을 벽에 걸어 놓고 쳐다보느라 나는 안중에도 없더라고요. 뭔가 궁금해서 들여다보니까 인간들이 그 속에 들어 있었어요. 근데…… 죽어 있더라고요!」

샴고양이가 마땅한 어조를 고르는 중인 듯 크게 심호흡을 한다. 그가 길고 발그스름한 혀를 내밀어 입술을 축인다.

「벽에 걸린 그 물건은 인간 언어로 〈텔레비전〉이라고 해.」

「그렇다 치고, 어쨌든 그 〈텔레비전〉에 오늘 거리에서 벌어진 사건이 나왔어요. 내가 직접 목격했거든요. 아까 오후에 검은 옷을 입은 남자가 나타나서 막대기를 휘두르면서 요란한 소리를 냈어요.」

「그건 〈총〉이야. 폭발음이 단속적으로 들렸다면 〈자동소총〉일 거야.」

「깃발이 걸린 건물에서 나오던 어린 인간들이 쓰러졌어요.」

「깃발이 걸린 건물은 〈유치원〉이고 어린 인간들은 그 유치원에 다니는 어린애들이야.」

「나중에 검은 옷 사내가 막대기를 버리고 달아났어요. 쓰러진 어린 인간들은 일어나지 못했어요.」

「당연해. 부상을 입거나 죽었으니까. 남자가 총을 휘두른 목적이 바로 그거야.」

「도망치던 남자는 곧 다른 인간들한테 붙잡혀서 파란색 불빛이 돌아가는 차에 태워졌어요.」

「경찰이야.」

「트럭이 한 대 더 나타났는데, 이번엔 흰색이었어요. 역시 지붕에 파란 불이 달려 있었어요. 트럭에서 인간들이 내리더니 바닥에 있던 어린 인간들을 바퀴 달린 침대에 실어 데려갔어요.」

「앰뷸런스야.」

「조금 있으니까 새로운 인간들이 더 나타났어요. 둘씩 짝을 짓더니 얼굴에 불을 비추고 말을 했어요.」

「기자들일 거야. 너희 집사가 텔레비전에서 본 영상을 만드는 사람들이지.」

「내가 본 장면은 어떤 뜻이에요?」

「인간들에게 위기가 닥쳤다는 뜻이야. 폭력의 악순환에 빠진 거지. 갈수록 과격한 양상을 띠는 이런 상황이 조만간 끝날 것 같진 않아. 아까 그 검은 옷 사내처럼 닥치는 대로 살인을 저지르는 인간이 점점 많아지고 있어. 그런 걸 〈테러〉라고 부르지.」

「인간들끼리 서로 죽고 죽이는 이유가 뭘까요?」

「엄청난 정신적 충격을 일으킬 수 있으니까. 텔레비전에 나오는 영상을 이용해서 남들이 자신들의 주장에 귀를 기울이게 만들려는 거야. 그것도 소통이긴 소통이지……. 인간은 공포에 사로잡히면 더 예민하게 반응하거든. 그러면 마음대로 부리기도 쉽지.」

「이해가 안 돼요.」

「앞일이 더 걱정이야. 전쟁이 터질 것 같거든. 수십 명을 표적으로 삼는 테러는 맛보기에 불과해. 전쟁은 수십만, 아니 수백만을 대상으로 하지. 내 예감엔 조만간 전쟁이 발발할 것 같아.」

그가 이따금 발을 들어 귀를 살살 긁는다.

내가 알아들을 수 있는 쉬운 어휘를 구사하지 않으니 그의 말을 다 이해했다고 자신할 수는 없지만, 대강은 이해할 수 있다. 이 대화가 내 수준을 뛰어넘는다는 인상을 주지 않으려고 나는 일부러 말을 계속한다.

「테러와 전쟁 때문에 우리 집사의 눈에서 물이 흘러내리는 건 나도 알아요.」

「그걸 〈운다〉고 하지. 인간은 슬플 때 울어. 집사의 눈에서 나오는 건 물이 아니라 〈눈물〉이야. 맛을 보니까 짭짤하지?」

솔직히, 상대의 자신만만함과 방대한 지식에 압도되긴 한다.

「텔레비전에서 공을 갖고 장난치는 인간들도 봤어요. 주위에 있는 인간들이 막 소리를 질러 대던데, 그게 뭔지 알아요?」

「〈축구〉, 단체 스포츠의 하나야.」

「왜 각자 하나씩 공을 갖지 않아요?」

「승부를 겨루려고 일부러 그러는 거야.」

「사람은 여럿인데 공은 하나뿐이니까 짜증이 나고 속상해서 인간들이 이리 뛰고 저리 뛰고 하게 된다는 거예요?」

「하나밖에 없는 공을 서로 상대방 그물에 넣으려고 애

쓰는 거야. 공이 들어가면 점수를 얻고 그 장면을 보면서 다른 인간들이 좋아하지. 너희 집사도 그 장면에서는 울음을 그쳤지?」

「맞아요. 공이 그물에 꽂히는 순간 안도하는 표정을 지었어요.」

「인간들이 말로는 전쟁이 싫고 축구는 좋다고 하지만 내가 보기엔 둘 다 좋아하는 것 같아. 그렇지 않으면 TV 뉴스에 그렇게 자주 나올 리가 없어. 사이사이에 광고도 들어가고 말이야.」

나는 지극히 당연한 얘기라는 듯 덤덤하게 말을 이어가는 샴고양이를 찬찬히 뜯어본다. 옆으로 길게 뻗은 수염에서 기품이 느껴진다. 몸에서는 계속 호의적인 진동이 발산되고 있다.

「그러니까, 그쪽은 머리에 제3의 눈이 달려 있어서 이런 걸 다 안다는 거예요?」

「맞아. 이 최신형 USB 단자로 컴퓨터에 접속해서 정보를 얻을 수 있어. 아까 얘기한 것 같은데.」

잘난 척하긴, 짜증 나게. 나는 침을 꼴깍 삼킨다. 호기심을 채우려면 자존심을 내팽개치는 수밖에.

「컴, 뭐요?」

「컴퓨터. 음, 이건, 복잡한 전자 기계의 일종인데, 인간 세상뿐 아니라 고양이 세상에 대해서도 상세하고 깊이 있는 지식을 얻게 해주지. 예전엔 나도 너와 다르지 않았어, 무지했지. 우리 고양이들은 시간과 공간에 대해 큰 그림을 그리지 못해. 지극히 제한된 정보를 바탕으로 판단하기 때문이야. 우리가 보는 것과 듣는 것, 신체적, 정신적 감각을 통해 느끼는 것이 정보의 전부지. 우리가 사는 집과 나가서 돌아다니는 지붕들, 정원, 거리에 국한되는 알량한 지식이야. 하지만 인간은 달라. TV, 라디오, 컴퓨터, 신문, 책 등의 현대적인 도구를 이용해서 자신들의 신체적 감각의 범위를 벗어나는 것도 얼마든지 지각할 수 있지.」

샴고양이는 다시 태평스럽게 다리를 핥다가 귀 뒤를 긁적거린다. 그래, 점프에 실패하고 담쟁이덩굴로 떨어지는 내 꼴이 우스웠겠지, 실컷 비웃어라 비웃어. 나는 푸스스 몸을 털면서 냉정을 되찾으려고 애쓴다.

「난 말이에요, 인간과 직접 대화를 하고 싶어요. 고양이의 정신과 인간의 정신이 소통하는 거죠. 일방적으로 받기만 하는 게 아니라 받아서 내보내고 싶어요.」

「불가능해.」

폼 좀 어지간히 잡아라, 짜증 나 죽겠으니까. 침착하자, 침착하자.

「이미 초보적인 대화는 시작했어요.」

「제3의 눈이 없는데 어떻게? 설령 그게 있어도 수신만 가능하지 발신은 불가능해, 정말이야. 지식은 인간한테서 고양이한테로 오는 거지 그 반대는 불가능해.」

나는 불쾌한 내색을 하지 않으려고 심호흡을 한다.

「내가 갸르릉 소리와 함께 집사를 편안하게 만들어 주는 생각을 내보내면 집사가 입꼬리를 올리면서 울음을 그쳐요.」

내 존재는 안중에도 없는 듯 그가 연신 오른쪽 앞다리를 핥았다 치켜들었다 한다.

이때, 아래층에서 그를 부르는 인간의 목소리가 들린다. 〈피타고라스! 피타고라스!〉

그가 소리 나는 쪽으로 무심히 고개를 돌리더니 난간을 뛰어내려 발코니 창 뒤로 사라진다. 집사한테 가는 모양이다.

인사하는 시늉이라도 하면 어디가 덧나? 기분 나빠 죽겠네.

나는 허탈한 심정이 되어 반대 방향으로 다시 점프해

집으로 돌아가기로 마음먹는다. 뒷다리에 힘을 주면서 몸을 웅크린 상태에서 착지점을 설정한 다음, 순간 추진력을 최대한 끌어 올려 공중으로 몸을 날린다. 몸을 쫙 펼친다. 두 집 사이를 난다. 아까보다 오래 공중에 떠 있다. 완벽하게 착지한다. 쩝, 이 묘기에 가까운 동작을 지켜보는 사람이 하나 없네. 스타일이 살 때는 아무도 없다가 스타일이 구겨질 때는 꼭 구경꾼이 나타나는 게 내 묘생의 비극이지.

나는 열린 발코니 창을 넘어 요란하게 코를 골며 자고 있는 집사 곁으로 돌아온다. 수염을 매만지면서 집사의 얼굴을 유심히 들여다본다.

집사와 진정한 대화를 하고 말겠어. 수신만 아니라 발신도 꼭 하고 말 거야. 기고만장한 옆집 고양이(이름이 뭐랬더라? 그래…… 피타고라스라고 그랬어……. 이름 한번 진짜 웃기네)한테 다른 종끼리도 양방향 소통이 가능하다는 걸 증명해 보일 거야.

일단, 나의 진지한 대화 상대가 될 집사의 환심부터 사자. 지하실에 있는 쥐를 잡아다 바치는 게 좋겠어. 맥박이 발딱거리는 생쥐야말로 고양이가 인간에게 줄 수 있는 최고의 선물이니까.

5

어디 감히 내 영역에 들어와?

날이 밝아 오자 눈꺼풀이 무거워지고 졸음이 몰려온다. 갑자기 귀를 찢는 비명 소리가 아침 공기를 가른다. 커튼처럼 처진 귀 털이 바르르 떨린다.

나탈리가 선물을 발견한 모양이다.

어쩐지 환호성으로 들리진 않네, 이상해. 큰 소리로 자꾸 내 이름을 부르는 게 아무래도 야단을 치는 것 같단 말이야. 선물이 마음에 안 드나……. 나는 슬렁슬렁 그녀를 향해 걸어간다. 숨을 할딱이면서 황홀한 단말마의 경련을 일으키는 생쥐를 보면 장난을 걸고 싶어지는 게 묘지 상정인데, 그녀는 쓰레기통에 버릴 기세로 빗자루와 삽을 들고 서 있다. 날 못 먹게 하려는 거야. 배은망덕도 유분수지. 나는 불편한 심기를 드러내며 그르렁거린다.

집사는 조금도 당황하는 빛이 없다. 도리어 신경질적으로 내 밥그릇에 사료를 쏟아 놓는다. 좋아, 쥐 선물에 대한 보답으로 받아 주지.

집사의 알쏭달쏭한 행동은 테러와 전쟁을 보여 줘 눈물을 흘리게 만든 텔레비전의 나쁜 영향 때문인 것 같다. 옆집 피타고라스 덕분에 그 정보의 정확한 의미를 알게 되어 다행이다.

어느새 외출 준비를 마친 집사가 현관을 나선다. 나는 다시 집에 혼자 남겨졌다. 이제 배도 부르겠다, 늘어지게 한숨 자자. 세상에 잠보다 좋은 건 없어. 나는 먹는 꿈을 꾼다.

햇살 한 줄기가 오른쪽 눈꺼풀을 간지럽힌다. 나는 평소처럼 오후에 잠이 깬다. 몸을 쭉 늘여 기지개를 켠다, 뼈에서 우두둑우두둑 소리가 난다. 나는 길게 하품을 내뿜는다.

다시는, 정말 다시는 어제처럼 부끄러운 점프를 되풀이하는 일이 없어야 돼. 몸을 펴는 연습을 하고 발톱도 뺐다 넣었다 하면서 순발력을 향상시켜야겠어.

나는 몸을 구석구석 핥으며 털을 고른다. 지금처럼 몸

단장(엄마는 늘 〈일찍 몸단장을 하는 고양이가 쥐를 잡아 먹는다〉라고 말씀하셨지)을 하는 순간은 세상 시름을 다 잊는다. 나는 느긋이 여유를 즐기면서 오늘 할 일을 생각한다. 고양이는 본래 이렇게 즉흥적인 동물이다. 마음 같아선 옆집 샴고양이와 얘기를 나누고 싶지만, 한눈에 봐도 그는 나한테 관심이 없다. 그렇다고 나처럼 콧대 높은 고양이가 남한테(게다가 수컷한테……) 애걸복걸할 수는 없는 노릇이니 혼자서 종간 소통이나 계속 연구하는 수밖에. 하등 동물이지만 금붕어부터 시작해 보자.

나는 부엌에 있는 어항 앞으로 가서 유리 너머로 물고기를 면밀히 관찰한다. 물고기가 겁을 먹었는지 나를 피해 멀리 헤엄쳐 달아난다.

반가워요, 물고기 씨.

나는 발바닥 젤리를 어항 유리에 대고 눈을 감는다. 갸르릉거리면서 텔레파시 메시지를 내보낸다.

나탈리가 물고기를 〈포세이돈〉이라고 부르는 걸 여러 번 들었어. 머릿속에서 그렇게 불러 주면 더 잘 알아듣겠지.

반가워요, 포세이돈 씨.

커다란 날개를 너울너울하던 금붕어가 풍경 속 가짜

돌들 사이로 쏙 들어가 숨는다. 부끄러움엔 약도 없다는데, 쯧쯧.

다시 한번 갸르릉 소리에 메시지를 실어 내보내 볼까? 뭐라고 하지? 〈겁내지 말아요?〉 아니야, 이건 실제로는 위험이 존재한다는 뜻이 돼. 이건 어떨까.

비록 당신이 물고기라도 나는 기꺼이 대등하게 대화할 의사가 있어요.

적절한 메시지를 던졌지만 반응은 신통찮다.

포세이돈이 아예 풍경 뒤로 사라져 버린다. 노력해도 아무 소용이 없잖아. 속상해.

하지만 애당초 어려운 목표라는 걸 알았기 때문에 중도에 포기할 생각은 없다. 나는 앞발을 어항 가장자리에 얹고 몸무게를 최대한 실어 어항을 앞으로 살짝 기울인다. 우리를 가로막고 있는 물을 조금 빼내서 직접적인 접촉이 이루어지면 대화가 가능해지겠지.

그런데 눈대중으로는 제법 무거울 것 같던 수족관이 기우뚱하면서 앞으로 쓰러진다. 나는 아슬아슬하게 옆으로 비켜났지만 포세이돈은 쏟아지는 액체에 휩쓸려 숨어 있던 수족관 밖으로 나온다.

드디어 테이블보 위에 모습을 드러낸 포세이돈. 그의

움직임이 마치 현란한 춤 동작을 연상시킨다. 내가 해냈어, 물고기의 소통 방식을 알아냈어. 팔딱팔딱 뛰면서 입을 벌룩이는 모습이 우아하기까지 하다. 그런데, 이상하다, 전혀 소리를 내지 않는다. 매끄러운 선홍빛 입속을 드러내며 아가미를 빠끔빠끔할 뿐이다.

포세이돈 씨, 이제 얘기 좀 합시다. 파동은 느껴지는데 도저히 해석이 안 된다.

그가 몸을 뒤틀고 꼬리를 퍼덕거리면서 식탁 가장자리로 미끄러져 간다. 무슨 말을 하는 건지 알고 싶어 그의 몸에 앞발을 얹자 순식간에 몸의 요동이 멈춘다. 그가 무서운 속도로 입을 뻐끔거린다.

나는 최대 수신 상태에 들어간다.

배고파서 그러죠?

드디어 답을 얻었다고 생각한 나는 뿌듯한 마음으로 집사가 주는 말린 실지렁이 통을 식탁에 엎어 놓는다.

어라, 입도 대지 않네.

조금 기다려 보자. 나는 발바닥으로 그를 톡톡 쳐본다. 발톱을 살짝 빼서 조심스럽게 건드려 본다. 갸르릉갸르릉.

진정해요.

잠시 후, 몸부림이 완전히 멎는다. 말을 알아들은 게 아닌가 봐. 물고기가 연신 아가미를 놀리며 숨을 헐떡인다. 상태가 영 나빠 보이네. 대화는 또다시 불발로 끝났지만 나는 다른 종과 만족스러운 소통을 할 날이 오리라는 기대를 버리지 않는다. 지금으로서는 내 갸르릉 소리에 긍정적인 반응을 보이는 우리 인간 집사가 가장 수용적인 대화 상대인 셈이다.

고양이도 제 말 하면 온다더니, 집사가 가방을 하나 들고 현관에 들어선다. 메시 가방 밖으로 날카로운 소리가 흘러나온다. 이번엔 또 무슨 선물을 주려고.

그녀가 가방을 열어 꺼낸 것은…… 고양이?

어젯밤에 갸르릉 소리로 행복한 기운을 불어넣어 편히 잠들게 해줬더니 고양이는 으레 그런 능력이 있는 줄 착각했나 보군.

카펫에 모습을 드러낸 것은 순종 앙고라 한 마리. 어디서 이런 털 뭉치 같은 추냥을 데려왔을까……. 신이 난 집사가 함박웃음을 지으며 녀석의 이름인 듯한 단어를 거듭 큰 소리로 말한다. 〈펠릭스.〉

이번 선물도 꽝.

사리 분별력이 없는 녀석인가. 내 영역에 들어왔으면 알아서 머리를 조아리고 조심스럽게 행동할 것이지 어딜 노란 눈을 뜨고 빤히 쳐다봐?

하, 이래서 순종이 싫다니까! 밋밋한 털색이 꼭 밀가루를 뒤집어쓴 것 같아. 날 좀 보라고! 하얀 바탕에 까만 점이 앙증맞게 찍힌 일명 젖소 무늬 아니야!

굵고 기름진 허연 털이 온몸을 길게 덮은 노란 눈의 앙고라 수컷을 내 동거 고양이로 골라 오다니, 안목이 없어도 너무 없어.

눈이 마주치는 순간 꼬리를 세워 엉덩이를 내보이면서 퇴짜를 놓지만 눈치 없는 녀석은 내가 교미를 하자는 줄 착각한다.

순종 수컷들은 하나같이 이렇게 멍청하다니까!

하는 수 없지. 나는 발톱을 살짝 꺼내 솜방망이를 한 대 날린다. 내가 이 집의 주인인 걸 명심하라는 뜻이다.

아무것도 모르는 집사는 한껏 들뜬 목소리로 조잘조잘 쉬지 않고 말한다. 내가 이 듣도 보도 못한 고양이를 식구로 받아들였다고 오해하는 눈치다. 나는 다시 발톱을 세워 펀치를 날린다.

〈야, 마음에 안 드니까 꺼져.〉

녀석이 즉시 복종 자세를 취한다. 내 의사도 묻지 않고 동거냥을 데려오는 건 있을 수 없는 일이야.

내가 앙고라 녀석을 혼쭐내는 사이 인간 집사가 유명을 달리한 포세이돈을 발견한 모양이다. 싫은 소리를 들을 게 뻔해서(야단을 쳐서 억지로 죄책감을 갖게 하는 건 질색이야) 나는 재빨리 자리를 피해 2층으로 올라간다.

집 구경을 시켜 주는 줄 알고 신이 난 펠릭스가 꼬리를 곧추세우고 쫄쫄거리며 따라 올라온다.

녀석이 다시 애정 공세를 펼친다. 나는 등을 동글게 말고 하악, 하고 겁을 준다. 펠릭스는 그제야 내가 호락호락한 암컷이 아니라는 걸 깨닫는다. 그가 마징가 귀를 하면서 시선을 돌린다. 치켜세웠던 꼬리를 몸에 착 내려 붙이며 털을 눕힌다. 몸을 웅크리고 고개를 숙이면서 기어들어 가는 소리로 야옹, 하고 운다.

나 참! 수컷들이란……. 큰소리 뻥뻥 쳐도 알고 보면 심약하기 그지없는 존재들이란 말이야. 나처럼 호불호가 분명한 암컷을 만나면 꼼짝 못 하지.

나는 시무룩하게 몸을 낮추고 있는 그의 얼굴에 오줌을 갈긴다. 여기선 내 말이 곧 법이라는 걸 기억해! (털색도 눈 색깔에 맞춰 노랗게 변했네.)

나는 녀석이 구시렁대는 소리를 마지못해 받아 주면서 내 영역에서 멍청한 객식구가 지켜야 하는 수칙을 일러

준다. 첫째, 내 밥그릇 근처에 얼씬도 하지 말 것. 내가 먹고 난 다음에 먹을 것.

내 모래에 절대 오줌이나 똥을 싸지 말 것. 나탈리가 화장실을 따로 마련해 주기 전에는 마려워도 참다가 밖에 나가서 볼일을 볼 것.

나는 측은한 마음이 들어 녀석에게 2층 창가에 앉으면 거리가 내려다보인다고 가르쳐 준다. 올라간 김에 밖을 둘러보니 건물 문이 아직 굳게 닫혀 있다. 통행을 막으려고 거리에 쳐놨던 노란 리본들과 금속 조각을 줍고 있던 흰 작업복 차림의 인간들은 이제 보이지 않는다. 대신 꽃다발과 어린 인간들의 사진이 유치원 정문 앞에 수북이 쌓여 있다. 내가 자는 사이에 장식물을 갖다 놓은 게 분명하다.

펠릭스가 창틀로 뛰어 올라와 무슨 일이냐고 묻는다. 테러 같은 복잡한 현상을 굳이 설명해 줄 필요가 있을까……. 나는 박식한 피타고라스처럼 알아듣기 쉽게 말하는 재주도 없는데.

나는 슬쩍 화제를 돌린다. 3층 발코니로 나가면 이웃집 지붕에 올라갈 수 있는데, 처마 빗물받이가 끄떡거리기 때문에 조심해서 지나다녀야 한다고 주의를 준다.

나는 그를 집사의 침실로 데려간다. 발톱을 세워 턱에

생채기가 날 만큼 한 방 세게 날리면서 녀석에게 경고한다. 이 방 역시 출입 금지, 내 집사와 같이 자는 건 언감생심 꿈도 꾸지 말 것. 나는 오해의 여지가 없게 녀석이 들어가서는 안 되는 곳에 오줌을 몇 방울씩 떨어뜨려 표시를 한다. 아무리 순종 앙고라지만 최소한의 유추 능력이 있는 녀석이라면 내가 마킹을 하지 않은 곳만 돌아다닐 수 있다는 걸 알겠지.

나는 아래층으로 다시 내려와 의자에 있는 빨간 벨벳 쿠션이 내 냄새가 묻은 내 자리라고 펠릭스에게 가르쳐준다. 라디에이터 위 선반의 바구니도 내 자리니까 괜히 얼쩡거리다 혼나지 말고 조심할 것.

펠릭스가 복도 구석으로 터덕터덕 걸어가 몸을 동그랗게 말고 앉는다.

어느새 밖이 어둑어둑해졌다. 현관문 근처에서 분주한 움직임이 감지된다. 나는 냉큼 달려 나가 무슨 일인지 확인한다. 우리 집사를 찾아온 수컷 하나가 문 앞에 서 있다. 나탈리가 〈토마, 토마〉 하는 걸 보니 이름이 토마인 모양이다.

키는 집사보다 머리 하나 정도 크고, 털은 금색, 눈은 초록색이다. 사향 냄새 같은 땀내가 짙게 난다. 솥뚜껑만 한 손에는 꽃다발이 들려 있다. 멀리서 언뜻 봐도 내 타입은 아니다.

그런데 집사는 싫은 내색을 하지 않고 입술을 앞으로 내민다. 그들의 입술이 포개진다. 나 참, 인간들 풍습은 도무지 이해를 못 하겠어. 어라, 수컷이 집사의 가슴이랑 엉덩이를 대놓고 주무르네.

어쩐 일인지 집사는 남자를 밀쳐 내지 않는다. 도리어 계속하라는 듯이 킥킥거리며 웃고 있다.

한참이 지나서야 차분해진 인간들이 거실에 자리를 잡고 앉는다. 그들이 쟁반에 음식을 담아 와 벽에 걸린 텔레비전을 쳐다보며 먹기 시작한다. 어느 순간부터 TV에서 시선을 떼지 못하더니 호흡이 가빠진다. 그들은 머리가 잘린 인간들과 주먹을 내보이면서 구호를 외치는 인간들이 등장하는 이미지를 홀린 듯이 바라보고 있다. 이런 장면에 익숙해진 내가 내린 결론은, 인간 군중은 전쟁을 볼 때나 축구 경기를 볼 때나 비슷한 소리를 지른다는 것이다. 아마 뛰어난 동류 인간들에게 보내는 격려의 함성일 것이다.

나탈리가 어깨를 들썩이다 끝내 울음을 터뜨린다. 내

가 집사를 핥아 주러 달려가는데 그녀의 수컷이 선수를 친다. 그가 집사의 입에 자기 입을 밀착시키면서 어깨에 팔을 두른다. 집사의 손을 잡아 침실로 데려가더니 문을 닫아 버린다.

문밖으로 새어 나오는 소리와 냄새로 미루어 그들은 생식 행위 중인 게 분명하다. 이거야 모든 종의 본능이지. 많이 죽으면 없어진 만큼 새로 만들어서 채우는 게 당연하니까.

문득 펠릭스에게 심했다는 생각이 들어 나는 그를 조용히 지하실로 부른다. 쥐똥 냄새와 탑탑한 먼지 냄새가 가득한 지하실 어둠 속에서 나는 일생일대의 포부를 밝힌다. 종간 소통을 가능하게 하고 싶다, 오해를 부르는 언어 장벽을 없애고 야옹 소리로 인간에게 직접 명령을 내리고 싶다.

그가 초점 없는 노란 눈으로 나를 쳐다본다. 굳이 인간을 이해하고 그들과 얘기할 필요를 못 느낀단다. 이런 근시안적인 고양이를 봤나!

한심하게도 그는 자신의 현실에 자족하는 듯하다. 야망도 호기심도 없이, 세상을 보는 넓은 안목을 가질 생각도 없이, 그저 흰 앙고라고양이로 사는 손바닥만 한 세계에 만족하는 듯하다.

피타고라스 말이 맞다. 대다수의 고양이는 집 바깥으로 시선을 돌리지 않는다. 자신들의 무지를 편안히 여기고 남들의 호기심에 불안을 느낀다. 그저 비슷한 날이 반복되기를, 오늘이 어제 같고 내일이 오늘 같기를 바랄 뿐이다.

두 손 들었어. 펠릭스를 가르쳐서 계획에 동참시키는 건 포기하는 게 낫겠어.

나는 기분이 뒤숭숭해서 펠릭스에게 사랑의 파트너가 돼보겠냐고 묻는다. 그가 득달같이 응한다. 펠릭스가 몸으로 들어오는 순간 나는 고통을 참느라 어금니를 앙다문다. 펠릭스가 푸들대면서 몸부림을 친다. 역시나 폭발적인 열정도 상상력도 없어. 송곳니 두 개가 목에 박히는 순간의 짜릿함을 선물할 줄도 모르는 시원찮은 파트너.

쾌감이 번져 오는 사이 나는 피타고라스를 떠올린다.

고양이들은 감정 없는 사랑을 나누지 않지만 인간들은 종의 생존이 위협받는 상황에서 불안감을 떨치기 위해 그저 생식 행위를 할 뿐이다. 그래, 인간과 고양이의 사랑은 이렇게 다른 거야.

펠릭스가 에너지를 주체하지 못해 몸부림친다. 그는

아직 나에 대한 감정을 조절할 줄 모른다. 맞닿은 살이 쓰리고 화끈거려서 소리를 냈더니 펠릭스는 내가 오르가슴에 도달한 줄 알고 얼른 몸을 밖으로 뺀다. 짧게 끝났다. 길어야 수십 초. 평소에는 사랑을 나누고 나면 상대와 얘기를 하지만 오늘은 그냥 혼자 있고 싶다. 눈치를 줬더니 펠릭스가 고맙게도 두말없이 자리를 비켜 준다.

샴고양이 생각이 머리에서 떠나지 않는다. 쏙 마음에 드는 수컷이란 말이야. 그런데, 내가 모르는 그 많은 것을 그는 어떻게 알까? 나는 2층에 올라가 난간에서 옆집 발코니를 건너다본다. 야옹, 하고 소리를 내어 그를 불러 본다. 커튼 뒤에서 그림자가 어른거리는 것도 같은데, 〈그〉가 아닐까?

창문은 열렸는데 그는 밖으로 나오지 않는다. 분명히 목소리가 들릴 텐데 커튼 뒤에 숨어 나오지 않는 건 대화하기 싫다는 뜻이겠지.

인간에 대해 나한테 너무 많이 가르쳐 줬다고 후회하고 있는 거 아닐까.

아니면 나한테 주눅이 들어서 그런가.

그가 운을 떼다 만 테러 얘기와 전쟁 얘기가 궁금하다. 조만간 전쟁이 터진다고 했는데 TV에만 소식을 의존하

자니 답답해 미칠 지경이다.

　나는 응답 없는 피타고라스 대신 펠릭스를 다시 불러 사랑을 나누면서 긴장을 푼다. 두고 봐, 피타고라스, 언젠가 널 갖고 말 테니까. 난 마음먹은 건 하고 마는 암고양이거든.

　누구든 날 우습게 보는 건 용납 못 해.

6

그의 집

바깥세상에서는 날마다 새로운 일이 벌어지고 있다. 나는 그 변화가 내게 어떤 영향을 미칠지 촉각을 곤두세운다.

유치원 앞에서 테러가 일어났고, 벽에 텔레비전이 걸렸고, 집사가 눈물을 흘렸다. 피타고라스를 만났고, 집에 펠릭스가 왔다. 어리둥절하리만치 변화무쌍한 일주일을 보냈지만 그게 끝이 아니었다. 혹시 지금 벌어지는 일들이 소통을 결심한 나에게 우주가 보내는 모종의 신호는 아닐까?

나는 오후에 느지막이 일어나서 바깥 공기를 쐬러 발코니로 나간다. 참새처럼 보이는 작은 새가 한 마리 내려와 앉더니 재잘재잘 노래를 부른다. 풀잎처럼 가늘게 떨리는 목소리로 아름다운 화음을 들려준다.

참새가 지저귀면서 나랑 대화를 시도하는 거 아닐까? 그래, 각자가 속한 종의 진취적인 대변자로서 소통을 시도해 보자. 생쥐, 인간, 물고기와는 다 실패했지만 이번에는 꼭 성공할 거야.

나는 조심조심 난간을 걸어 참새 쪽으로 다가간다. 눈이 옆에 달려 정면을 똑바로 보지 못하는 참새가 왼쪽 눈과 오른쪽 눈으로 번갈아 나를 쳐다본다.

나는 다정하게 갸르릉거리기 시작한다.

반가워요, 참새 씨.

새는 꼼짝하지 않고 고운 목청으로 노래를 뽑는다.

내 말을 이해하고 대답하는 건가? 나는 더 가까이 다가간다.

참새가 파닥 날개를 치더니 앙증맞은 발을 움직여 뒤로 물러난다. 나는 더 바짝 다가간다.

얘기 좀 할래요?

새는 대꾸도 없이 난간 모서리 끝에 가서 앉는다. 몇 발짝 더 가면 떨어지기 십상이겠는걸. 이 정도 높이에선 안전한 착지를 장담 못 하지. 고양이는 보기보다 뼈가 가늘고 약한 동물이야.

참새가 옴찔 물러나면서 길게 울음을 운다. 곡조가 바뀌며 흘러나오는 복잡미묘한 가락이 유혹의 소리처럼 들린다.

문득 의구심이 생긴다. 소통을 원하는 내 욕구를 이용해서 함정에 빠트리려는 거 아닐까? 왠지 노랫소리를 들으면 들을수록 모욕감이 느껴진다.

내가 위험을 무릅쓰고 발을 내딛는 순간 참새가 후다닥 공중으로 날아오른다. 나는 발코니 난간에서 순간적으로 균형을 잃는다. 맞아, 나를 난간에서 떨어뜨리려는 새의 농간에 놀아난 거야. 가까스로 몸의 중심을 잡고 나니(어때? 멀쩡하지?) 약이 올라 참을 수가 없다. 나는 억지로 딴 데로 생각을 돌리려고 애쓴다.

나도 모르게 피타고라스 집 발코니에 눈길이 간다. 자석에 끌리는 듯한 이 기분은 뭘까!

마침 그의 집 대문이 열리고 머리털이 하얀 인간 암컷 하나가 밖으로 나온다. 그러더니 저벅저벅 걸어 우리 집 초인종을 누른다.

집사가 달려 나가 손님을 맞는 소리가 위층으로 올라온다. 인간 암컷 둘이 자기들 언어로 두런두런하는 소리가 들린다. 냉큼 전망대에서 뛰어내려 아래층으로 달려 내려가니 나탈리는 벌써 외투를 걸치고 있다. 인간들이 밖으로 나가 두 집 사이의 짧은 거리를 걷는 동안 나도 부지런히 뒤쫓아 걷는다. 유치원 앞에 어제보다 많은 꽃다발과 양초, 사진이 놓여 있다.

나는 두 사람 다리 사이를 왔다 갔다 하면서 〈그〉의 집에 들어선다. 인테리어가 독특한 집 안에서 온갖 이국적인 향기가 난다.

나탈리가 자리를 잡고 앉자 털이 하얀 인간이 김이 모락모락 나는 노란색 물(흠흠, 분명히 오줌은 아니야)을 조그만 그릇에 따라 건넨다. 나는 우리를 초대한 집주인을 면밀히 관찰한다. 우리 집사가 〈소피, 소피〉 부르는 걸 보니 이름이 소피인가 보다. 얼굴에는 주름이 자글자글한데 갈색 눈에는 총기가 넘친다. 몸에서 은은한 장미 향이 난다. 그녀가 갑자기 〈피타고라스!〉 하고 큰 소리로 부른다. 아무리 불러도 오지 않자 소피가 벌떡 일어나 그를 안아 들고 와 거실에 내려놓는다.

희망의 불씨가 되살아났어! 집사들이 우리한테 달콤한 로맨스를 기대하는 건가?

우리는 초면인 척 서로 냄새를 맡는다. 내가 막 말을 붙이려는데 그가 쌩 자리를 뜬다. 부엌까지 따라가 그의 밥그릇을 건드려도 제지하기는커녕 눈길도 주지 않는다.

맛이 형편없는 사료지만 오독오독 씹어 먹고 그의 모래에 보란 듯이 오줌을 눠도 여전히 무반응이다. 그가 어디론가 혼자 사라진다. 나는 그를 찾아 집 안을 뒤지다가 2층에 있는 방에서 고양이를 한 마리 발견한다. 옷장 유리문 뒤에 털과 생김새가 나와 흡사한 암고양이가 숨어 있다.

나이까지 비슷해 보이네.

이거였어, 피타고라스가 나한테 무관심한 이유가. 집에 제 암컷이 있었던 거야.

어디, 자세히 볼까. 코에 까만 하트 무늬, 초록색 눈. 털색이 나랑 비슷한데 왠지 전체적으로 비호감이야. 상스럽고 도도해 보여. 나는 상대를 뚫어져라 쳐다보면서 한발 앞으로 다가간다. 어라, 날 따라 하잖아. 나는 등을 동그랗게 말고 털을 부풀리면서 위협적인 자세를 취한다. 기분 나쁘게 이것까지 따라 하네.

하는 수 없지. 나는 팍팍 펀치를 날린다. 똑같이 펀치가 날아온다.

내가 바짝 다가들며 하악, 하고 위협하자 상대도 똑같이 화답한다.

한동안 난타가 오가지만 유리 덕에 아무도 상처를 입지 않는다. 운 좋은 줄 알아, 유리만 없었으면 수염을 몽땅 뽑아 버렸을 거야.

나는 몸을 돌리며 꼬리를 하늘로 치켜세운다. 너 같은 건 감히 상대가 안 돼! 당연히 상대도 나를 따라 한다.

모욕을 줄 만큼 줬다고 생각하고 거실로 돌아와 보니 인간 집사들은 수다에 여념이 없고 피타고라스는 여전히 코빼기도 안 보인다. 울컥 모멸감이 든다. 왜 날 이렇게밖에 대접 못 해? 2층에 제 암컷이 있어서? 머리에 연보라색 플라스틱 뚜껑이 달렸다고 기고만장한 거야?

나는 분한 마음으로 나탈리의 무릎에 올라가 앉는다. 집사가 제3의 눈이 없어도 사랑스럽기만 한 내 머리를 쓰다듬어 준다. 내가 배를 드러내 보이자 다정하게 털을 쓸어 준다. 집사가 내 기분을 얼마나 잘 맞추는지 다들 봤지? 이게 다 조련의 결과라고.

집에 온 뒤에도 기분이 풀리지 않아 나는 펠릭스에게 한 번 더 하자고 한다. 나는 피타고라스에게 들리도록 목이 터져라 신음 소리를 낸다. 네 암컷은 나처럼 못 해주지? 날 깔보니까 이런 쾌락을 놓치는 거야. 다음 날, 펠릭스가 메시 가방에 넣어져 몇 시간 사라졌다 아랫도리에 붕대를 감고 돌아온다. 집사의 손에는 유리병이 하나 들려 있다. 언뜻 땅콩처럼 보이는 게 병 속에 두 개 떠 있다.

펠릭스의 입장에선 조금 억울하기도 하겠지만 굳이 하나가 벌을 받아야 한다면 당연히 펠릭스여야지.

어차피 난 펠릭스한테 연정을 느끼지 않아. 내 눈에는 피타고라스밖에 안 보여. 홀딱 반한 것 같아. 어쩌면 인간에 대해 그렇게 모르는 게 없을까?

문득 불길한 예감에 가슴이 섬뜩해진다. 혹시 내가 펠릭스를 바라보는 눈으로 피타고라스가 나를 바라보는 건 아닐까? 무지한 고양이로. 한 차원 낮은 의식을 가진 고양이로.

그의 암컷에 대한 질투심이 불같이 일어난다.

어디 두고 봐, 다시 마주치면 진짜 가만두지 않을 거야.

7

인간들의 도시를 내려다보다

펠릭스가 최면에 걸린 듯 유리병 속 고환을 들여다보고 있다.

수컷들은 왜 너나없이 땅콩 두 알에 집착할까? 그는 어항을 헤엄치는 물고기를 들여다보듯 병에서 눈을 떼지 못한다. 옆에 있는 라디에이터의 열기가 전해져 유리병 속 베이지색 알 두 개가 빙빙 원을 그린다.

수술을 받고 온 뒤로 온종일 먹기만 하더니 펠릭스는 드럼통이 됐다. 눈동자는 초점을 잃고 멍하게 풀어졌다. 바깥일에는 아예 무관심해졌다.

반면 최근의 사건들에 호기심을 느끼게 된 나는 난간 끄트머리에 앉아 옆집과 깃발이 높이 달린 앞 건물을 예의 주시한다. 특별한 일이 벌어지지 않아 무료해지려는 찰나, 난간에 달린 거미줄이 눈에 들어온다. 다시 종간 대화에 대한 의욕이 샘솟는다.

나는 갈색 몸통에 다리가 여덟 개, 눈이 여덟 개 달린 조그만 생명체를 향해 조심스럽게 다가간다. 일단 정신을 집중해 갸르릉 소리부터 낸다. **반가워요, 거미 씨.** 상대가 슬금슬금 도망치기 시작한다. 나는 발톱을 꺼내 거미줄을 흔들어 찢어 놓는다. 거미줄에 걸려 발버둥 치던 날벌레 한 마리가 고맙다는 인사 한마디 없이 공중으로 날아오른다.

모든 행위에는 양면이 있게 마련이다. 그걸 좋아하는 쪽이 있으면 싫어하는 쪽도 있다. 생명체의 모든 행위는 필연적으로 기존 질서에 대한 도전일 수밖에 없다. 바람에 일렁이는 거미줄의 잔해에 매달려 분노에 찬 거미가 춤추듯 몸을 떨고 있다. 도무지 대화의 욕구가 읽히지 않지만 여기서 포기할 순 없다. 조금 더 다가가 손을 뻗으려는 순간, 사나운 고양이 울음소리가 귓전을 울린다.

귀에 익은 소린데.

휘청할 만큼 오른쪽으로 몸을 기울여 소리가 나는 쪽을 보니 멀리 밤나무 꼭대기에 피타고라스가 올라가 있다. 큰 개 한 마리가 나무 밑에서 그를 올려다보며 컹컹거린다.

피타고라스가 등을 말고 하악질을 해댄다. 하지만 비쩍 마른 늙은 고양이는 애당초 덩치가 네 배인 몰로스 개의 적수가 될 수 없다.

그가 발산하는 공포의 파동이 내 몸까지 전해진다.

그래, 그를 구할 수 있는 건 나밖에 없어.

내가 개를 처음 본 건 아기 때 펫 숍에서였다. 새끼 강아지들이 하도 낑낑대고 짖어서 엄마한테 이유를 물어봤다. 〈인간들이 입양해 가지 않을까 봐 무서워서 저러는 거야〉 하고 엄마는 설명해 줬다. 이런 괴이한 소리가 있나. 인간들이 데려가지 않을까 봐 무섭다니! 그 정도로 자존감이 없단 말이야? 얼마나 고독과 자유의 소중함을 모르는 존재면 자신들을 돌봐 줄 인간의 손길을 저렇게 애타게 기다릴까?

엄마는 이 사례에서 알 수 있듯이 고양이는 인간의 주인이고 인간은 개의 주인이라고 설명해 주었다.

그럼 개는 누구의 주인이냐고 물어보자 명쾌한 대답이 돌아왔다. 〈제 몸을 핥고 단장할 줄 모르는 개의 등에 생기는 벼룩의 주인이지.〉

조금 자라서는 집 근처를 돌아다니다가 길에서 볼일을

보는 개들을 보고 경악을 금치 못했다. 얼마나 미개한 동물이면 인도 한가운데 똥을 누고, 게다가 덮지도 않을까! 최소한의 부끄러움도 위생 관념도 없는 동물인 게 분명해.

개에 대해 할 말은 많지만 일단 급한 불부터 끄자. 피타고라스를 공포로 몰아넣는 저 개부터 쫓아 버려야겠어. 체격에서 불리하니까 효과적인 전략으로 대응하는 수밖에.

나는 아래층으로 내려가 고양이 출입구를 통해 밖으로 나간다. 총총걸음으로 현장에 도착한 나는 녀석의 관심을 분산시키기 위해 등을 말고 하악거린다.

개가 소리를 듣고 고개를 돌리는 순간 나는 전투태세를 취한다. 동공을 축소하고 시선을 놈에게 고정한다. 수염은 전방을 향하게 뻗고 입술은 말아 올리고 어깨 털은 최대한 부풀려 세운다. 꼬리를 내려 공기 저항을 최소화하고 엉덩이는 살짝 치켜들어 언제든 달려들 수 있게 공격 자세를 유지한다.

개의 눈빛에서 망설임이 읽힌다. 놈의 선택을 도와주기 위해 나는 가까이 있는 차 지붕으로 뛰어올라 그를 굽어본다.

너 따위에 겁먹을 줄 알았냐?

나는 발톱을 꺼낸 발을 공중에 휘두른다.

자, 덤벼.

몰로스 개는 결국 목표를 바꿔 나를 뒤쫓기 시작한다.

내가 날렵하고 유연하고 재빠른 건 사실이지만 지금처럼 보도를 내달리는 게 흔한 일은 아니다. 더군다나 나를 뒤쫓는 녀석은 나보다 단단한 근육을 타고났다. 필사적으로 뛰어 보지만 순식간에 거리가 좁혀진다.

어떤 몰지각한 인간이 목줄도 안 한 개를 길에다 풀어 놨어?

나는 재빨리 상황 분석을 마치고 내가 가진 특성을 살려 반전을 꾀할 방법을 모색한다. 나는 개와 달리 발톱을 자유자재로 넣었다 뺐다 할 수 있기 때문에 순간적인 방향 전환에 능하고 급선회를 해도 접지력에 문제가 없다. 나는 이런 계산하에 아스팔트가 깔린 도로로 뛰어들어 주차된 차들의 바퀴 사이로 지그재그를 그리기 시작한다.

개가 컹컹거리면서 쫓아오기 때문에 수시로 뒤를 돌아보면서 위치를 확인할 필요가 없다.

나는 진행 방향을 의식하면서 부지런히 질주한다. 이따금 차들이 쌩쌩 달리는 도로로 몇 발짝씩 나갔다 다시 쏙 들어오기도 한다. 개는 차에 받히기 직전까지 가는 아슬아슬한 장면을 몇 번 연출하다 스쿠터와 세게 부딪치고 나서 추격을 멈춘다. 그는 한참 동안 으르렁거리다 결국 포기하고 돌아선다.

나는 멀리서 약을 올린다.

어이, 개 양반! 벌써 지쳤어?

나는 의기양양하게 걸음을 옮긴다. 혹시 추격전을 지켜보다 나를 흠모하게 된 고양이들이 주변에 있을지 몰라 거만하게 고개를 까딱이며 돌아온다. 비록 소박한 승리지만 이번 사건이 목격자들을 통해 입에서 입으로 전해지길 은근히 기대하면서.

오늘의 짧은 만남으로 고양이와 개의 관계가 근본적으로 변하리라는 기대는 하지 않지만, 최소한 그 개는 인간이 우리를 주인으로 섬기는 게 우연이 아니라는 걸 깨달았을 것이다.

나무 밑으로 돌아와 보니 피타고라스는 고맙다는 인사 한마디 없이 사라졌다. 나는 기운이 쏙 빠져 집으로 돌아온다. 어딜 갔다 왔냐고 묻는 펠릭스의 질문에 대꾸도 하지 않는다.

집사들이 모두 잠든 늦은 밤, 옆집에서 나를 부르는 소리가 들린다. 나는 당연히, 잠시 뜸을 들이다 마지못한 듯 고개를 밖으로 내민다.

피타고라스가 자기 집 발코니 난간에 앉아 우리 집 쪽을 보고 있다.

나도 발코니로 나가 그를 마주 보고 앉는다. 우리는 서로를 뚫어져라 쳐다본다.

그의 크고 파란 눈과 두상에서 기품이 느껴진다.

그가 다정하게 야옹, 소리를 낸다.

「이리로 와.」

나는 기다렸다는 듯이 난간을 뛰어내린다. 점프를 시도하다 다시 실패할까 봐 이번에는 아래층으로 내려가 고양이 출입구를 통해 거리로 나간 다음 다시 고양이 출입구로 그의 집에 들어간다.

그가 현관에 나와 나를 맞는다. 집사가 잠들었으니 벽난로 앞에 가서 앉자며 그가 앞장서 걷는다. 벽난로에 아직 잉걸불이 벌겋게 남아 있다. 노란 불빛이 그의 눈동자 속에서 일렁댄다.

「아까 구해 줘서 고마워. 지난번에는 손님 대접을 제대로 못 했어. 너한테 너무 많은 정보를 알려 줬다고 자책하다 보니 그렇게 됐어. 그게 내 단점이야. 상대방한테, 특히 암컷한테는 더 강한 인상을 남기고 싶어서 잘 모르는 사이에도 너무 떠벌리는 경향이 있지. 신중하지 못했다고 번번이 후회하면서도 말이야.」

「덕분에 많이 배웠어. 고맙게 생각해.」

「배려가 부족했어.」

「짝이 있으니까 이해해. 이웃지간이라도 나처럼 낯선 암컷은 조심스럽겠지.」

「아니야, 난 혼자야.」

「지난번에 네 방에서 봤는데?」

「이 집에 나 말고 다른 고양이는 없어!」

「위층에 있는 암컷은 누군데?」

나는 직접 확인하기 위해 2층으로 달려 올라간다. 피타고라스도 뒤따라 올라온다. 검은 털과 흰 털이 섞인 암고양이는 여전히 그 자리에 있다. 게다가, 나 참, 이번에는 피타고라스와 흡사한 샴고양이 수컷까지 한 마리 옆에 거느리고 있다.

「이건 〈거울〉이라는 거야. 앞에 있는 걸 그대로 비춰 보여 주는 인간의 물건이지. 지금 네가 보고 있는 암고양이는 바로 너야, 옆에 보이는 수고양이는 나고.」

나는 피타고라스의 설명을 듣고 나서 물건을 향해 바짝 다가선다. 우리 집에는 〈거울〉이 없어서 내 모습을 두

80

눈으로 직접 보기는 처음이다.

나는 몸을 이쪽저쪽으로 돌려 자세히 뜯어본다. 앞에 있는 또 다른 내가 똑같이 따라 한다.

「그러니까 저게…… 〈나〉라고?」

상스러운 느낌이 확 걷힌다. 그래, 지난번에는 너무 속단했어. 분위기가 아주 고상한데 뭐, 고혹적이기까지 해. 나는 눈에 넣을 듯이 거울 속 이미지를 들여다본다.

나는 내 모습에서 눈을 떼지 못한다. 여기 오지 않았다면 평생 내가 어떻게 생겼는지, 내가 다른 이들의 눈에 실제로 어떻게 비치는지도 모르고 살았을 거야.

일생일대의 발견이야.

거울에 비친 자기 모습이 무척 익숙한 듯, 피타고라스가 한 발을 거울에 올린다. 나도 오른발을 살짝 거울에 얹어 본다.

「세상 모든 존재들과 소통하겠다는 야망을 가졌으면 모름지기 자기 자신부터 알아야지.」

「넌 거울을 어떻게 알아?」

「제3의 눈을 통해서 알지.」

「그런 걸 가르쳐 주는 제3의 눈이 너한테만 있고 왜 나한테는 없을까?」

「말 못 할 사연이 있어. 자, 밖으로 나가자!」

우리는 길로 나가 나란히 걷는다. 밤늦은 시간인데도 행인들이 제법 많다. 이사 온 지 얼마 안 되는 동네의 지리를 벌써 훤히 아는 듯 피타고라스가 가로등이 켜진 좁은 골목들을 익숙한 걸음으로 앞장서 걷는다. 인간들로 북적이는 광장으로 나를 안내한다. 광장 한가운데 어마어마하게 큰 흰색 건물이 보인다. 나무들보다 높은 담이 서 있고, 건물 꼭대기에는 배처럼 생긴 물건이 얹어져 있다. 피타고라스가 채광창에 접근할 수 있는 철책 아래쪽 통로를 가리킨다. 건물 안으로 들어가자 천장이 높은 커다란 방이 나온다. 웅장한 스테인드글라스와 회화, 조각 작품이 방을 장식하고 있다.

「여기 와봤어?」

피타고라스가 나를 쳐다보면서 묻는다.

「아니.」

나는 방 안 풍경에 압도당한다.

그가 나선형 계단으로 나를 안내한다. 숨이 찰 정도로 한참 올라가자 도시의 멋진 전경이 한눈에 펼쳐지는 높은 곳이 나온다.

밑을 내려다보는 순간 정신이 아찔해진다. 이런 높이

에서 추락하면 큰일 날 거야. 우리는 나무를 몇 그루 포개 놓은 것보다도 높은 탑에 올라와 있다.

바람이 거칠게 불어 털이 금세 푸시시 헝클어진다. 곁에 있는 피타고라스의 고급스러운 잿빛 털도 일어섰다 누웠다 춤을 추고 있다. 돌풍에 수염까지 휘청 휘어질 때는 기분이 영 이상하다.

「난 아래가 내려다보이는 높은 곳이 좋아.」

「그래서 지난번에 개한테 쫓겼을 때 나무 꼭대기로 올라간 거야?」

「나는 늘 높은 곳에 올라가 앉아 있어. 원래 우리 발톱은 올라가는 용도로 쓰는 거잖아, 내려오려면 뛰어내릴 수밖에 없고…… 그런데 셰퍼드가 밑에서 으르렁거리면서 지키고 있어 봐, 어떻게 뛰어내리겠어?」

나는 멀리 시선을 던진다. 붙박인 듯한 작고 노란 점들과 이리저리 움직이는 희고 빨간 점들이 어둠을 배경으로 빛을 발하고 있다.

「저기가, 〈그들의〉 도시야. 인간들의 도시.」

「나는 집에서 멀리 나온 적이 별로 없어. 내가 아는 곳이라야 우리 집과 집 앞 거리, 이웃집 지붕들이 다야.」

「인간들은 그런 집을 수천, 수만 개씩, 끝이 보이지 않게 지어. 지금 우리 눈앞에 보이는 도시의 이름은 〈파리〉야.」

「파리.」

이름을 따라 말하는 순간 공연히 가슴이 벅차오른다.

「이 언덕은 몽마르트르고 우리가 지금 올라와 있는 곳은 인간들이 지은 종교 건축물 중 하나인 사크레쾨르 대성당이야.」

「제3의 눈이 있어서 이런 걸 다 알 수 있어?」

질문을 못 들은 듯 그가 아무런 대답을 하지 않는다. 나는 눈앞에 펼쳐진 장관에 넋을 빼앗긴다. 비록 지금은 피타고라스의 말을 다 이해 못 해도 계속 듣다 보면 언젠가 얘기들이 퍼즐처럼 맞춰져 이해할 수 있겠지.

돌개바람에 몸이 휘청하면서 옆으로 쏠린다. 나는 급히 몸을 지탱할 곳을 찾아 무게 중심을 잡는다.

「네가 아는 걸 나한테 다 가르쳐 주면 좋겠어.」

「인간들은 여기 말고도 수없이 많은 곳에 도시를 세웠어. 그 도시들은 평야와 들판과 숲으로 이루어진 거대한 땅에 흩어져 있지, 그런 도시들이 모여 그들이 프랑스라고 부르는 나라가 된 거야. 그런데 이 프랑스라는 나라도 거대한 공처럼 생긴 지구라는 행성의 일부에 불과해.」

「나는 내가 왜 존재하는지, 왜 지금의 모습으로 존재하는지, 네가 말한 그 지구에서 내가 할 일이 뭔지 알고 싶어.」

「방금 전에 난 지리 얘기를 했는데 너는 역사 얘기가 더 궁금한가 보구나.」

그가 숨을 깊이 들이쉬고 나서 오른쪽 다리를 할짝할짝 핥다 치켜들어 귀를 비비더니 고개를 든다.

「좋아, 첫 번째 역사 강의를 시작할 테니까 잘 들어. 모든 것은 지금으로부터 45억 년 전, 지구가 태어나는 순간으로 거슬러 올라가.」

45억이 얼마나 큰 숫잔지 물어보려다가 내가 아는 그 어떤 숫자보다 크려니 하고 혼자 짐작한다.

빛이 점점이 박힌 하늘을 유성 하나가 길게 꼬리를 그으며 지나간다.

「태초에는 온통 물밖에 없었어.」

「난 그런 시대는 살기 싫었을 거야. 물은 질색이거든.」

「하지만 그 물에서 모든 것이 비롯됐어. 해초 같은 생명체가 태어나서 물고기로 변했어. 그 물고기 한 마리가 어느 날 뭍으로 올라왔지.」

물고기라면…… 포세이돈이랑 비슷한 동물을 말하는 건가? 나는 입이 근질근질하지만 이야기의 흐름을 끊을까 봐 차마 물어보지 못한다.

「이 최초의 물고기가 살아남아 번식에 성공했어. 물고기의 후손들이 나중에 도마뱀이 됐고, 이 도마뱀은 점점 몸집이 커졌지. 덩치가 거대해진 이 동물은 〈공룡〉이라는 이름으로 불렸어.」

「어느 정도로 거대했는데?」

「지금 우리가 올라와 있는 이 탑보다 큰 공룡도 있었어. 사납긴 또 얼마나 사나웠는지 몰라. 이빨과 발톱이 정말 크고 무시무시하게 생겼어. 다른 동물들이 모두 벌벌 떨었지. 시간이 지나면서 공룡은 점차 지능이 높아지고 사회적인 동물로 변했어.」

피타고라스가 입술을 축이면서 잠시 숨을 돌린다.

「그런데 하늘에서 바윗덩어리가 날아와 대기와 기온에 변화가 생기는 바람에 공룡들이 몽땅 죽고 작은 도마뱀들과 포유류만 살아남았어.」

「포유류? 그게 뭔데?」

「몸속에 더운 피가 흐르고 털이 나 있고 젖이 달린 최초의 동물을 말해. 가령 우리도 포유류에 속하지. 그렇게 지금으로부터 7백만 년 전에 인간과 고양이의 최초 조상이 출현하게 된 거야. 그리고 약 3백만 년 전부터 인간의 조상은 작은 인간과 큰 인간으로 분화되기 시작해. 고양이 조상도 마찬가지야.」

「그 말은, 옛날에는 큰 고양이가 있었다는 거야?」

「응. 지금도 여전히 존재해. 인간들이 사자라고 부르는 동물인데, 예전만큼 숫자가 많지는 않아.」

「얼마나 큰데?」

「적어도 네 덩치의 열 배가 넘어, 바스테트.」

나는 그토록 거대한 고양이의 생김새를 상상해 보려고 애쓴다.

「진화는 몸집이 작고 지능이 높은 개체에 유리하게 일어났어. 작은 인간들과 작은 고양이들이 지금으로부터 1만 년 전, 그러니까 인간이 농업을 발견할 때까지 나란히 진화를 계속했지. 농업은 식물을 길러 수확하는 일을 말해. 농업의 시작과 함께 당연히 곡식을 저장할 필요가 생겼지. 그러니까 쥐가 생기고, 그러니까 인간들이……」

「우리 조상들이 필요했겠지.」

「고양이가 있어야 식량을 안전하게 보관할 수 있다는 걸 깨달은 인간들이 우리를 대접하게 됐어.」

「우리가 인간들한테 없어서는 안 될 존재가 된 거네……. 그래서 인간들이 우리한테 복종하게 됐고, 그렇지?」

「이때는 당연히 인간과 고양이가 좋은 관계를 유지했어.」

「고양이가 인간에게 자발적으로 다가갔다는 뜻이야?」

「우리가 인간을 선택한 거지, 그들이 잘살 수 있게 도와준 거야. 도움을 받은 인간들이 우리를 재워 주고 먹여 줬고. 키프로스섬에서 발굴된 7천5백 년 전 무덤에서는 인간과 고양이의 유골이 나란히 누운 상태로 발견됐어.」

「무덤이 뭔데?」

「인간이 죽으면 다른 동물이나 동족 인간이 먹지 못하게 땅에 묻는 풍습이 있어.」

「그러면 벌레가 먹을 텐데?」

「원래 그런 거야. 그런데 무덤에서 고양이가 발견됐다는 것은…….」

「……우리를 중요하게 여겼다는 의미지.」

「오늘은 이만하자. 다음에는 고양이와 인간이 함께한 역사의 다음 이야기를 들려줄게.」

「언제?」

「바스테트, 네가 원하면 지금처럼 이렇게 가끔 만나서 인간 세상에 대해 내가 알고 있는 걸 가르쳐 줄게. 그러면 인간과 수신/발신 모드로 대화를 시도하기 전에 그들의 지식을 수신부터 해야 하는 이유를 알게 될 거야. 인간들의 지식은 제3의 눈이 없는(이라고 말하고 〈무식한〉이라고 속으로 생각하겠지) 암고양이한테는 놀라우리만치 방대하거든.」

구름 뒤에 숨었던 달이 서서히 얼굴을 드러낸다. 피타고라스가 목청이 터져라 소리를 질러 보자고 한다. 입을 통해 밖으로 나오는 동시에 뼛속 깊이 퍼지는 소리의 진동을 느끼며 나는 왠지 모를 짜릿함을 맛본다. 우리 둘의 목소리가 합쳐지고 있다는 사실이 충일감을 안겨 준다.

바람에 부스스 일어난 털이 파도처럼 일렁인다. 수염이 흐르르 떨린다.

속이 후련해지는 느낌이다. 우리는 지칠 때까지 소리를 지르면서 작은 불빛들이 하나둘씩 꺼져 가는 파리의 전경을 내려다본다.

당장 제3의 눈의 비밀을 알고 싶지만 조른다고 그가 설명해 줄 것 같진 않다. 우선은 그가 오늘 가르쳐 준 걸 기억해 머리에 새겨 놓자. 피타고라스 덕분에 주변에서 벌어지는 일을 조금 더 이해하게 됐어. 선조들의 역사를 아는 암고양이가 됐어. 많이 배울수록 새로운 정보를 쉽게 흡수할 수 있다는 걸 알았어. 배운다는 건 이렇게 즐거운 일이구나.

피타고라스와 나는 탑을 내려가 몽마르트르 거리를 나란히 걷는다.

아, 아무리 봐도 기품이 넘친단 말이야.

「네가 가진 정보에 의하면 인간들의 전쟁은 지금 어떻게 돼가고 있어?」

내가 침묵을 견디지 못하고 묻는다.

「갈수록 악화되고 있어. 유치원에서 벌어진 사건이 더 이상 예외가 아니야. 나날이 새로운 형태의 테러가 자행되고 있어. 이제부터 너와 나도 인간의 자기 파괴적 광기가 어떤 양상으로 전개되는지 예의 주시해야 해.」

나는 듣는 둥 마는 둥 한쪽 어깨를 할짝할짝 핥는다.

「인간들끼리 죽고 죽이는 거지 우리와는 아무 상관 없어.」

피타고라스가 갑자기 정색을 하더니 고개를 젓는다.

「틀렸어. 우리 두 종의 운명은 긴밀히 연결돼 있어. 우리 고양이들은 인간들에게 직접적인 영향을 받는데, 지금 인간들이 예전의 공룡들처럼 정말로 사라질지도 모르는 위기에 직면해 있다니까.」

「난 인간 없이도 얼마든지 살 수 있을 것 같은데.」

「그러면 우리는 여태껏 한 번도 해보지 않은 일을 어쩔 수 없이 해야 될 거야.」

「그렇게 우리도 진화하는 거지.」

피타고라스가 발을 툭 쳐서 나를 멈춰 세우더니 무안할 만큼 빤히 쳐다본다.

「그렇게 단순하지 않다니까, 바스테트. 지금 서서히 확산되고 있는 전쟁은 우리 고양이들한테도 위험해.」

나는 피타고라스가 내 이름을 여러 번 불렀다는 사실을 의미심장하게 받아들인다. 그래, 어쩌면 이제 내가 그에게 소중한 존재가 됐는지도 몰라. 나도 자기만큼 특별한 고양이라는 걸 피타고라스가 깨닫기 시작한 거야.

나는 그의 옆에 서서 꼬리를 꼿꼿이 세우고 도도하게 걸음을 옮긴다. 새로운 지식은 나를 불안하게 만들기보다는 안도감을 주는 것 같다. 이제 내가 누군지, 내가 어떻게 생겼는지, 내가 어디에 사는지, 내 주변에서 무슨 일이 벌어지는지 더 잘 알게 됐으니까.

배움은 최고의 특권이 아닐까. 무지한 채 살아가는 존재들이 안타깝고 불쌍할 뿐이다.

8

불빛 중독

나탈리가 눈꺼풀을 달싹거리면서 드르렁거린다. 머리는 산발이고 입은 헤벌어져 있다.

나는 옆에 누워 그녀의 귀에 대고 갸르릉거린다.

집사, 인간 세상이야 테러와 전쟁으로 무너지든 말든 지금처럼 걱정 없이 잠이나 쿨쿨 자. 세상 이치를 깨달은 피타고라스와 내가 다 알아서 할 테니까.

여명이 다가온다. 생각도 정리하고 힘도 비축할 겸 잠깐 눈을 붙여야겠어. 나는 바구니에 들어가 잠을 청한다. 피타고라스 생각이 머리에서 떠나지 않는다. 정수리에 구멍이 하나 뚫렸다고 인간을 다 이해하는 게 과연 가능할까.

아니야, 분명히 다른 뭔가가 있을 거야. 피타고라스도

비밀이라는 말을 했잖아. 궁금해 죽겠네.

나는 고작 몇몇 인간의 이름만, 그것도 여러 번 들어야 아는데, 피타고라스는 어떻게 인간들이 사용하는 물건의 이름과 용도, 그들이 하는 행동의 의미, 온갖 동물의 이름까지 모르는 게 없을까.

나는 이 궁리 저 궁리를 하다 한참 만에 잠이 든다.

꿈속에서 뭍으로 올라온 포세이돈 같은 물고기들을 만난다. 내가 앞발로 톡 건드리자 물고기들이 도마뱀으로 변한다. 도마뱀들을 잡아 꼬리를 자르자 금세 꼬리가 다시 자란다. 갑자기 도마뱀들의 몸이 거대해지는 걸 보고 나는 줄행랑을 친다. 어느 순간 유성 하나가 지구에 떨어지더니 세상이 암흑천지로 바뀌고 거대한 도마뱀들이 모조리 죽음을 맞는다. 그러자 수풀 사이에서 크고 작은 인간들과 크고 작은 고양이들이 출현한다. 큰 인간들은 작은 인간들에게 쫓겨나고 큰 고양이들은 작은 고양이들에게 밀려난다. 작은 고양이들이 쥐를 잡아 바치자 작은 인간들이 음식을 준다. 인간들이 감사의 표시로 땅속 구덩이에서 고양이들과 나란히 누워 잠을 잔다.

개에게 쫓기는 피타고라스가 꿈에 나온다. 나는 그를 구해 주고, 우리는 사랑을 나눈다.

피타고라스가 목을 깨무는 순간 온몸에 전율이 흐른다.

나는 초인종 소리에 잠이 깬다.

하품을 하면서 늘어지게 기지개를 켠다. 몸이 개운하다.

이런, 밉상 토마가 또 왔네. 집사와 그녀의 수컷은 인간 언어로 얘기를 나누다 부엌으로 간다. 고기 냄새가 나는 따뜻한 갈색 음식에 아무 냄새가 없는 물렁한 흰색 리본을 곁들여 먹는다. 그러고 나더니 또 노란 크림이 든 통에 숟갈을 꽂아 게걸스럽게 먹는다. 집사가 나와 펠릭스에게 밥을 줘야 한다는 생각을 하는 것 같기는 한데, 수컷 때문인지 몸에서 평소와는 무척 다른 파동이 나온다. 홍, 나도 밤이 되면 만날 수컷이 있다고!

나는 그들 주위를 맴돌며 다리에 몸을 비비고 냄새를 묻힌다. 발톱으로 의자 나무를 박박 긁으니까 그제야 토마가 관심을 보인다. 그가 내 이름을 부르면서 재킷 호주머니에서 파이프 모양의 은색 물건을 꺼낸다. 그가 한 번 더 내 이름을 부르는 순간, 들고 있는 파이프에서…… 동그랗고 빨간 불빛이 솟구쳐 바닥을 환히 비춘다. 앙증맞은 불빛이 사방으로 휙휙 날아다니기까지 해 도저히 눈을 뗄 수가 없다. 나는 껑충 뛰어올라 불빛을 향해 앞발을 뻗는다. 발이 닿으려는 찰나, 불빛이 벽으로 옮겨 간다. 불빛은 이내 커튼 위에서 어른거리기 시작한다. 빨간 동그라미가 커튼에서 의자로, 소파로 이동한다. 바로 발밑에서 깜빡거리는가 싶더니 갑자기 멀리 물러나 천장에 가서 붙는다. 그러다 눈 깜짝할 사이에 내 꼬리에 와서 반짝반짝한다. 이번엔 놓치지 않을 거야. 나는 불빛이 앉은 꼬리를 꽉 문다. 아악! 빨간 동그라미는 어느새 사라지고 없다…….

인간들이 나를 가리키면서 입을 크게 벌리고 시끄러운 소리를 낸다.

실없는 장난에 놀아났다는 사실이 부끄럽고 기분 나쁘다.

누구도 나한테 이런 모욕을 줄 순 없어. 나를 받들어 모셔야 하는 인간들이라면 더더욱.

내가 부엌 한쪽 구석에서 복수심을 불태우는 사이 식사를 마친 그들은 거실로 나가 다시 혐오스러운 TV 앞에 앉는다.

나도 멀찌감치 떨어져 화면 속의 이미지를 바라본다. 피타고라스 덕분에 화면 속 그림들이 아주 먼 도시들에서 인간들이 서로 죽고 죽이는 모습이라는 것을 안다. 한 인간이 의자에 앉아서 전쟁 장면 중간중간 몇 마디씩 지껄인다. 높낮이가 없는 그의 목소리에는 감정이 느껴지지 않는다. 어깨가 딱 벌어지고 머리털을 번질번질하게 칠한 그는 충격적인 이미지를 보고도 동요하는 기색이 없다. 얼굴에서 미소가 떠나지 않는다.

이번에는 나탈리의 눈에서 액체가 흘러내리지 않는다. 용케 감정을 억제한 걸까 아니면 슬슬 폭력에 익숙해져가는 걸까.

잠시 후 TV 화면이 축구 경기로 바뀌자 두 인간의 표정이 돌변한다. 극도로 흥분하기 시작한다. 토마가 TV를 향해 알 수 없는 말을 내뱉으며 자리에서 벌떡 일어나더니 옆구리에 손을 얹고 한숨을 내쉰다. 전쟁을 볼 때보다 한층 더 격앙해 있다.

나는 토마가 정신이 분산된 틈을 타서 복수에 나선다. 그가 실내를 더럽히지 않으려고 평소처럼 현관에 벗어 놓은 신발에 시원하게 오줌을 눈다.

그러고 나서는 그의 손이 닿지 않는 냉장고 위에 올라가 사태의 추이를 지켜본다. 선물을 발견하는 순간, 역시 토마는 예상했던 반응을 보인다. 고래고래 소리를 지르고, 발을 구르고, 짜증을 내고, 신발을 내흔들면서 죽일

듯이 내 이름을 부른다. 나탈리도 여러 번 내 이름을 입에 올리지만 목소리는 여전히 다정하다. 분이 풀리지 않은 토마가 집 안 구석구석을 뒤지며 나를 찾기 시작한다. 나는 눈에 띄지 않게 몸을 낮게 웅크린다.

둘의 언성이 높아지고 토마의 태도가 공격적으로 변한다.

그가 신발을 손에 들고 부서져라 문을 닫으면서 밖으로 나간다.

멀뚱멀뚱 문을 바라보던 집사가 주저앉아 울기 시작한다. 나는 냉장고에서 뛰어 내려가 그녀에게 다가간다. 무릎에 올라가 다정하게 코를 비비대도 그녀가 안아 주지 않아 나는 저주파로 갸르릉거린다.

그놈한테는 네가 아까워.

나탈리가 슬픈 감정을 발산하면서 계속 눈물을 흘린다. 나는 뺨으로 흘러내리는 눈물을 핥아 주면서 갸르릉 소리에 생각을 실어 내보낸다. **그 수컷과 달리 난 언제나 네 편이야.**

안 되겠어. 현명하게 다른 수컷을 찾아보라고 얘기해 줘야겠어. 집사 정도면(솔직히 내 눈에 인간들은 하나같이 못생겼지만, 서로 조금이라도 매력을 느끼니까 짝을 찾아 생식 행위를 하겠지) 다른 수컷들한테 얼마든지 인기가 있을 테니 염려 말라고.

일단, 수컷을 데려오는 건 어렵고 복잡한 일이 아니야. 밖으로 나가 엉덩이를 드러내고 돌아다니기만 하면 돼. 부풀어 오른 듯 봉긋하고 발그스름한 연분홍색 엉덩이라면 매력 만점이지. 섹시한 체취를 발산하면서 사랑의 메시지를 던지면 몸이 단 인간 수컷들이 서로 교미하겠다고 달려들 거야. 이렇게 자세히 가르쳐 줘도 지붕에 올라가서 항문을 드러내고 울지를 않고 살을 천으로 덮어 가리고 있어, 나 원.

쇠귀에 경 읽기야. 가뜩이나 말이 통하지 않아 답답한데 그녀가 담배까지 피워 문다.

도저히 이해를 못 하겠어. 아니, 왜 자기 폐 속에 나쁜 공기를 집어넣는 거야?

구역질이 나고 털에 역겨운 냄새가 배는 것도 싫어 나는 도망치듯 2층으로 올라간다. 열린 발코니 창으로 나가서 어제 피타고라스를 봤던 자리에 가 앉는다.

야옹 야옹. 나는 높낮이를 바꿔 가면서 울음소리를 낸다.

얼마 지나지 않아 그가 모습을 드러낸다.

이심전심. 우리는 사크레쾨르 대성당에 가기로 한다.

피타고라스와 나는 길에서 만나 다정하게 이마를 박치기하고 코를 비빈다.

탑 꼭대기에 이르자 으스스한 한기가 느껴진다. 바람도 지난번보다 거칠게 불지만 둘 다 자리를 옮길 마음은 없다.

「오늘 빨간 불빛에 농락당했어.」

내가 씩씩거리며 말을 꺼낸다.

「레이저 말이야? 나도 예전에 당한 적이 있어. 웬만히 의지가 강하지 않으면 유혹을 견디기 힘들지. 하지만 약간의 훈련으로 유혹을 뿌리치는 고양이들도 있긴 있나 보더라.」

「그런데 나를 보면서 인간들이 입을 벌려 크게 소리를 내는 게 더 기분 나빴어.」

「그건 〈웃는〉 거야.」

나는 슬쩍 화제를 돌린다.

「인간들이 왜 그렇게 자기들끼리 미친 듯이 죽고 죽이는 거지?」

「여러 가지 이유가 있어. 더 넓은 땅을 차지하기 위해서, 남의 재산을 빼앗기 위해서, 새끼를 낳을 수 있는 젊은 암컷을 차지하기 위해서, 남들을 자신들의 신과 종교로 개종시키기 위해서.」

「신? 그게 뭔데?」

「일종의 상상 속 인물이야. 흔히 하늘에 사는 거인의 모습으로 그려지지. 발까지 내려오는 흰옷을 입고 턱수염을 길렀어. 선과 악을 결정하는 게 바로 그 신이야. 심판을 내리는 인물이지. 인간들에게 일어나는 모든 일을 결정하는 인물인 셈이야.」

「인간들이 만들어 낸 인물이라는 얘기지?」

「인간들은 스스로 만든 가상의 인물들을 위해 살인도 불사하고 목숨도 기꺼이 내놓지. 엄밀히 말하면 최근 벌어지는 테러와 전쟁의 주된 원인도 바로 그 신이야.」

「그 신을 만난 인간이 아직 아무도 없다면서?」

「우리 고양이들로서는 납득하기 힘들지만 인간들은 자유를 견디지 못해서, 스스로의 행동에 책임을 지기 싫어서 신을 만든 것 같아. 신이라는 개념이 존재하면 자신들이 섬기는 주인한테 복종만 하면 되니까. 자신들에게 벌어지는 모든 일은 〈신의 뜻〉이 되니까. 신의 대변자를 자처하는 종교인들이 심약한 영혼들을 마음대로 부리는 방식이기도 하지. 인간과 달리 고양이는 스스로의 행동을 책임질 줄 알고 자유를 두려워하지도 않아. 그러니까 거대한 고양이가 하늘에서 지켜본다는 상상을 할 필요가 없는 거지.」

나는 털을 고르면서 피타고라스의 말을 되씹는다. 나는 절대 남의 탓을 하지 않고 항상 더 나은 삶을 살기 위해 스스로 노력하는데. 피타고라스가 내 속마음을 읽은 듯 말끝을 단다.

「하지만 여전히 하늘을 두려워해야 할 이유는 있어……. 과거에 죽음이 온 세상을 덮친 적이 있었어. 지금까지 그렇게 다섯 번의 대멸종이 있었지. 이 땅에 살던 거의 모든 생명이 죽음을 맞았어. 가장 마지막이 지금으로부터 6천6백만 년 전인데, 그때 공룡을 포함한 동물의 70퍼센트가 지구상에서 사라졌어.」

「여섯 번째 대멸종이 일어날 가능성이 있다는 거야?」

「테러도 그렇고 전쟁도……. 인간은 눈 깜짝할 사이에 대량 살상이 가능한 힘을 갖게 됐어. 지금 벌어지는 일들은 네가 처음 거울을 대했을 때와 똑같아. 인간들은 자기들과 닮은 것을 절멸하려 하지. 더 이상 외부의 적이 존재하지 않으니까 공격성을 내부의 자신에게 돌리는 거야.」

고개를 절레절레 흔드는 나를 보면서 그가 계속 생각을 펼쳐 놓는다.

「인구 과잉을 의식한 인간들이 무의식적으로 숫자를 줄여서 지구상에 존재하는 다른 종들을 보존하려는 게 아닐까 하고도 생각해 봤어.」

피타고라스가 앞다리를 번갈아 핥다 치켜들어 귀를 비빈다.

「두 번째 역사 강의를 들을 준비 됐어?」

나는 꼬리를 배 아래로 말아 넣고 식빵 자세로 편안히 앉아 이야기를 기다린다.

「키프로스섬에 이어 오늘 얘기의 배경은 이집트라는 곳이야. 여기서 아주 멀고, 땅의 대부분이 사막으로 덮인 더운 나라지. 예수 그리스도(이 사람의 탄생을 시간의 기준으로 삼을 만큼 중요한 인물이야. 지금으로부터 2천 년 전에 태어났지. 예수가 태어나기 2천5백 년 전이라고 하면 지금으로부터 4천5백 년 전을 말해)가 태어나기 2천5백 년 전에 이집트 문명은 사자 머리가 달린 세크메트라는 여신을 숭배하는 종교를 만들었어. 그런데 사자들이 그들을 키우던 사제들을 자꾸…… 잡아먹었어. 너무 많은 사제가 죽자 이집트인들은 세크메트의 여동생 격인 여신을 만들었어. 머리가 고양이처럼 생긴 이 여신의 이름은 바로…… 바스테트야.」

「나잖아! 내 이름이 인간들이 숭배했던 이집트 여신의 이름이라니!」

「이집트인들은 여러모로 고양이가 사자보다 매력적인 동물이라고 생각했어. 일단 덩치가 작으니까 사자처럼 많이 먹지 않고, 순해서 만지고 쓰다듬기도 쉬웠지. 쥐를 잡아 주니까 곡식을 안전하게 저장하는 데도 큰 도움이 됐어. 게다가 전갈이나 뱀, 큰 독거미 같은 동물들로부터 집을 지켜 주기도 했어.」

나는 인간들이 우리를 숭배하기 위해 신전을 짓는 세상을 상상한다.

「그때는 우리를 〈미우〉라고 불렀어. 여러 나라에서 우리 울음소리와 비슷하게 들리는 단어로 우리를 지칭했다는 건 흥미로운 사실이지.」

「바스테트 얘기 좀 더 해봐. 어떤 신이었는지 궁금해.」

「그녀는 미의 여신이었어…….」

당연하지.

「……다산의 상징이었고.」

말이 필요 없지.

「부바스티스라는 이집트 도시에 있던 붉은 화강암으로 지은 신전에서 주로 바스테트를 숭배했는데, 이 사원에는 수백 마리의 고양이가 있었다고 전해져. 1년에 한 번 신전에서 대규모 축제가 열릴 때마다 바스테트 여신을 찬양하고 그녀에게 봉헌하기 위해 수만 명의 사람들이 몰려들었대.」

그럼 그렇지.

「축제에 모인 인간들이 춤을 추고 바스테트 여신의 이름을 부르면서 노래를 불렀어. 먹고 마시면서 환희에 젖어 고양이 머리가 달린 여신을 숭배했지.」

「곰곰이 생각해 보니까 종교가 아주 나쁜 건 아닌 것 같아.」

「바스테트는 아이들의 병을 고치고 사자(死者)들의 혼이 길을 찾게 도와주기도 했어. 이집트 여성들은 고양이 여신을 숭배한 나머지 외모를 고양이처럼 가꾸고 싶어 했지. 고양이 수염을 흉내 내서 뺨에 칼자국을 내기도 하고, 고양이의 미모와 지능이 갖고 싶어서 팔을 절개해 피부를 벌리고 그 속에 고양이 피를 떨어뜨리기도 했어.」

「그런 흥미로운 시대가 있었다니!」

「이집트인들은 우리 조상을 자신들과 똑같이 치장해 줬어. 목걸이와 귀걸이 같은 패물로 말이야. 당시에는 죽은 고양이의 장례까지 치러 줬어.」

「고양이를 모시던 집사가 살아 있어도?」

「인간들은 애도의 표시로 눈썹을 깎기도 했지. 죽은 고양이 몸을 붕대로 감아 주고 머리에 고양이 가면을 씌워 미라로 만들었어.」

피타고라스의 말을 들으며 나는 고양이들도 죽을 수 있다는 사실을 유추한다.

「그 시대에는 고양이를 괴롭힌 인간을 채찍질로 엄히 벌했어. 고양이를 죽이면 목을 베서 죽였지.」

「너무 멋진 나라야. 그 나라가 아직도 있어?」

「세계 지도에는 이집트라는 나라가 여전히 있지만 내가 얘기한 가치들을 신봉하던 이집트 문명은 전쟁으로 사라졌어. 예수 그리스도가 태어나기 525년 전, 다시 말해 기원전 525년에 페르시아의 왕 캄비세스 2세가 이집트의 펠루시움을 포위했어. 그런데 이집트인들의 저항이 만만치 않아서 함락이 쉽지 않았지. 캄비세스 2세는 이집트인들이 고양이를 숭배한다는 사실을 알고 병사들에게 살아 있는 고양이를 방패 앞에 매달고 싸우라는 명령을 내렸어.」

「말도 안 돼.」

「그러자 이집트인들은 신성한 동물이 다칠까 봐 차마

활시위를 당기지 못했어, 적과 싸워 보지도 않고 항복해 버렸지. 캄비세스 2세는 스스로 파라오라고 칭한 뒤 이집트의 파라오를 처형하고 사제들과 귀족들을 모조리 잡아 죽였어. 바스테트 여신을 위해 지어진 부바스티스 신전을 비롯해 모든 신전을 파괴하고 신전들에 있던 저주스러운 고양이들을 페르시아 신들에게 제물로 바쳤지. 결국 이집트에 존재했던 바스테트와 고양이 숭배는 막을 내렸어.」

이런 비극이! 나는 슬픈 역사가 남긴 더러운 흔적을 지우는 느낌으로 몸을 핥는다.

「왜 인간들 멋대로 우리 운명을 결정하지?」

「그들이 우리보다 힘이 세니까.」

「하지만 내 인간 집사는 날 받들어 모신단 말이야.」

「그건 네 착각이지. 힘을 가진 건 인간들이야. 몇 가지 근거를 얘기해 줄 테니까 들어 봐. 우선, 인간은 우리보다 덩치가 커. 그리고 마주 보는 엄지가 달린 손으로 정교하고 기능이 뛰어난 물건을 만들 수 있어. 게다가 평균 15년을 사는 우리와 달리 80년을 살아. 많은 경험을 할 수 있는 시간이지. 이뿐이 아니야. 우리는 평균 열두 시간을 자지만 인간은 여덟 시간밖에 안 자.」

「그건 인간은 평생의 3분의 1을 꿈꾸는 데 보내지만 우리는 절반을 꿈꾸면서 보낸다는 뜻이잖아…….」

「꿈꾸는 게 진화에 유리하다는 걸 입증할 수 있어야지.」

「우리는 인간보다 나무를 잘 타고 달리기도 잘해. 인간은 척추가 뻣뻣한데 우리는 아주 유연하고, 꼬리가 있어서 균형도 잘 잡아. 어둠 속에서도 잘 보고 수염으로 파동도 잡을 수 있어. 인간은 갸르릉 소리를 내지도 못하잖아!」

「그건 다 사소한 거야. 손이 있는 게 인간에게 얼마나 큰 강점인지 너는 상상도 못 할 거야! 손이 있어서 인간이 할 수 있는 게 얼마나 많은데…….」

「뭐?」

「가령, 이를테면…… 〈노동〉을 할 수 있어!」

「그건 또 뭐야?」

「너희 집사가 아침마다 집에서 나가 열심히 하는 일을 말해. 그녀는 자신의 노동을 통해 뭔가를 만들거나 창조하거나 유지하는 데 직간접적으로 기여하고 있어.」

머릿속에서 많은 정보가 혼란스럽게 뒤섞인다. 피타고라스가 어떻게 인간 세계에 대해 이런 방대한 지식을 갖게 됐는지 새삼 궁금해진다.

「우리 집사가 나보다 더 똑똑할 수도 있다는 거야?」

「무엇보다 앞으로 배울 게 무척 많다는 뜻이야……」

　오늘은 이만하자. 그만 집에 가서 지금까지 머릿속에 입력한 신기하고 놀라운 정보를 혼자 조용히 정리하면서 생각할 시간을 가져야겠어. 내 이름이 옛날에 인간들이 숭배했던 고양이 머리가 달린 이집트 여신의 이름과 같다는 사실을 나는 마음속에 의미심장하게 되새긴다.

9

노동은 끔찍해

꿈을 꾼다.

나는 인간의 몸에 고양이 머리가 달린 바스테트 여신
으로 변해 있다. 두 다리로 서 있다. 파란색과 주황색이
섞인 드레스를 입고 목과 팔목에 큼지막한 장신구를 달
고 있다. 깜찍한 분홍색 손에는 발톱과 발바닥 젤리 대신
관절로 연결된 손가락이 거미 다리처럼 붙어 있다. 부바
스티스 신전, 수천 명의 인간이 운집해 나를 에워싸고 이
름을 연호한다.

〈바-스-테-트! 바-스-테-트!〉

나는 한 명이 아니라 수백 명의 집사를 거느리고 있다.
그들이 음식을 갖다 바친다. 아직 심장이 팔딱거리는 쥐
가 가득 든 통들, 우유를 부은 오목한 접시들, 사료 접시

들이 내 앞에 쌓인다.

　나에게 봉헌하기 위해 줄을 선 인간들 중 하나가 유독 시선을 끈다. 나는 인간의 몸에 피타고라스의 머리가 달린 그의 손을 잡아당긴다. 그와 나의 몸이 밀착하는 순간 입술이 맞닿고 혀가 뒤엉킨다. 인간들을 보면서 상상했던 것만큼 찝찝한 느낌은 아니다.

　피타고라스가 내 귀에 대고 속삭인다. 〈너희 집사는 매일 아침 노동을 위해 집을 나서.〉〈인간의 수명은 80년인데 우린 고작 15년이야.〉〈진화는 물고기, 공룡, 인간의 방향으로 진행돼 왔어.〉

　갑자기 피타고라스가 경배자들을 가리키며 말한다. 〈인간 다음은 누굴까?〉

　이집트 숭배자들의 봉헌이 한창 이어지고 있을 때 특이한 차림의 인간 하나가 무장한 사내들의 호위를 받으며 등장한다. 자세히 보니 토마의 얼굴을 하고 있다. 토마의 호위병들이 고양이를 매단 방패를 들고 있다. 고양이들이 날카로운 울음소리를 내면서 버둥거리고 있다. 무장한 토마의 호위병들이 애당초 그들과는 적수가 되지 않는 맨손의 경배자들을 공격하기 시작한다. 고양이들은 모두 죽음을 맞는다. 침략자들은 인간 집사들을 모조리 죽이고 거대한 고양이상(像)들을 부수고 나서 피타고라스마저 처참히 살해한다.

비탄에 빠진 내 눈에서 인간처럼 짭짤한 물이 흘러내린다.

나는 눈두덩을 핥는 펠릭스 때문에 잠이 깬다. 금기를 깨고 감히 내 잠자리에 얼씬거리다니. 나는 발톱을 세워 펠릭스의 빰을 한 대 갈긴다. 그가 군말 없이 꼬리를 내리고 복종 자세를 취한다.

나는 몸을 일으켜 바닥으로 뛰어내린다. 하품을 하면서 늘어지게 기지개를 켠다. 몸을 핥아 털에 묻은 펠릭스의 침 자국을 없앤다.

평소보다 일찍 일어난 탓에 집사는 아직 외출 전이다. 그녀를 쳐다보는 순간 갑자기 호기심이 당긴다. 나는 〈노동〉의 정체를 알아내기 위해 그녀를 따라 밖으로 나가기로 마음먹는다.

그녀가 문을 닫는 순간 나도 잽싸게 고양이 출입구를 통해 밖으로 나간다.

딱 한 번, 얼마 전에 피타고라스를 괴롭히는 개를 다른 곳으로 유인하느라 멀리까지 가본 것 말고는 여태까지 집 주변을 벗어나 본 적이 없다. 솔직히 그때는 한가하게 주변을 구경할 마음의 여유가 없었다.

나탈리를 뒤따라 걷는 이른 아침의 보도에 개 오줌 냄새와 똥 냄새가 진동한다. 고양이 냄새는 어디에도 없다. 바삐 걷는 사람들 틈에서 정신없이 집사를 쫓아가다 보니 어느 순간 그녀가 터널로 들어간다. 그녀를 시야에서 놓칠까 봐 나도 얼른 따라 내려간다.

터널 안은 인간들로 북적인다. 신발 밑창이 바닥에 닿는 소리가 쩌렁쩌렁 귀를 울린다. 인간들 다리 사이를 요리조리 지나다니는 나를 눈여겨보는 사람은 아무도 없다.

빽빽한 사람의 울타리가 구덩이 앞에 멈춰 서서 무언가를 기다린다. 컴컴한 터널 끝에서 굉음이 들려온다. 괴물인가? 눈 두 개에서 빛을 뿜는 집채만 한 검은 짐승이 포효하며 다가온다. 다섯 번째 멸종에서 살아남은 공룡이 아닐까? 빛이 다가오자 짐승의 형체가 또렷하게 보인다. 주둥이가 납작하고 기다란 몸통에는 다리가 없다. 괴물의 옆구리가 쩍 벌어지자 서 있던 인간들이 일제히 안으로 들어가 간격을 좁혀 선다. 나도 얼른 나탈리를 뒤따라 들어간다. 정체를 알 수 없는 진한 냄새들이 코를 찌른다. 나탈리는 팔을 아래로 내리고 시선을 한곳에 고정한 채 꼼짝하지 않고 서 있다. 서서 잠든 것처럼 보인다.

문이 여닫히는 소리와 끼익끼익 하는 쇳소리 때문에 나는 눈을 감았다가도 금방 다시 뜬다. 이따금 짐승이 움직임을 멈추고 다시 옆구리를 벌린다. 인간들이 벌어진 틈으로 나가고 들어오다 서로 엉키고 부딪친다.

한참 뒤에 나탈리가 괴물의 배 속을 나가 터널을 따라 걷기 시작한다. 드디어 터널이 끝나고 지상으로 나가는 계단이 보인다. 밖으로 나와 잰걸음을 놓던 나탈리가 걸음을 멈추고 차들이 지나가기를 기다렸다 반대편 보도로 건너간다. 그녀가 바닥에 떨어진 개똥을 피해 걷기 시작한다. 차차 걸음걸이에 활기가 붙는다. 나 역시 그녀의 눈에 띄지 않게 열심히 뒤따라 걷는다.

그녀가 바닥이 모래와 진흙으로 뒤덮인 지저분한 장소에 도착한다. 끝이 보이지 않는 넓은 땅에 시커먼 연기를 내뿜는 차들과 긴 막대기를 들어 올리는 높은 철탑들이 서 있다. 노란 헬멧을 쓴 인간들이 그 사이로 바삐 지나다닌다. 나탈리가 그들에게 다가가 손을 잡고 흔들면서 큰 소리로 자기 이름을 말한다.

그녀도 노란 헬멧을 쓰더니 네모난 회색 물체와 나무토막, 나무줄기처럼 생긴 길고 가는 검은색 막대를 운반

하는 인간들에게 지시를 내린다. 멀리서 기계들이 분주하게 땅을 판다. 잠시 후 사람들이 한자리에 모이더니 낡은 건물을 바라보면서 귀를 손으로 막는다. 나탈리가 빨간 버튼을 누르자 건물 네 귀퉁이가 동시에 폭발을 일으키며 주저앉는다. 집사가 하는 노동이 건물을 폭파하는 일이었구나. 자욱한 먼지가 걷히자 차들이 잔해를 밀어내기 시작한다.

피타고라스가 있었으면 인간들이 이렇게 부산을 떠는 이유를 상세히 설명해 줬을 텐데.

이런 게 노동인가? 집사가 나를 보살피지 않을 때 매일 밖에서 하는 일이 이런 거였어? 나는 노동에 대해 자세히 알아보기로 마음먹고 현장을 둘러본다. 나는 골똘한 생각에 빠져 바로 앞에서 차가 후진해 오는 줄도 모르다가 깜짝 놀라 옆으로 비켜선다. 그 바람에 시커먼 웅덩이에 빠진다. 점성이 강한 끈적끈적한 물질 때문에 발을 움직이기가 쉽지 않다. 나중에는 몸을 가누기조차 힘들어 발버둥 치다 소리를 지른다.

소리를 듣고 달려온 인간들이 나를 시커먼 수렁에서 번쩍 들어 올려 수건으로 감싸 안는다. 얌전하게 몸을 맡긴 나를 내려다보면서 인간들이 혀를 차는 소리를 낸다

(피타고라스가 〈웃음〉이라고 했던 바로 그 소리). 인간들이 모여들어 나를 빙 둘러싸고 선다. 그 속에 나탈리의 얼굴이 보인다. 집사가 나를 알아보고 깜짝 놀라 신경질적으로 목덜미를 움켜잡는다. 나는 어릴 때 엄마가 목덜미를 물어 이동시킬 때처럼 집사에게 꼼짝없이 잡혀 있다.

이거, 아무래도 불길한데. 역시, 예감이 틀리지 않는다.

나탈리가 세면대로 가더니 나를 잡지 않은 손으로 수도꼭지를 튼다. 나는 목이 터져라 소리를 지른다. 이럴 줄 알았어. 종간 대화가 안 되니까 이런 불상사가 생기는 거야. 아무리 울어도 무표정하게 손을 놀리는 집사를 보면서 나는 최악의 사태를 직감한다. 설마, 물 한 방울만 묻어도 내가 질색하는 걸 아는데, 설마, 그럴 리가. 온몸을 버둥거려도 그녀는 목덜미를 꽉 잡은 손에서 힘을 풀지 않는다.

그녀가 세면대에 거품이 북적거리는 흰 가루를 푼다. 손을 할퀴면서 필사적으로 저항해 보지만 그녀는 끝내 돌이킬 수 없는 짓을 저지른다. 나를 목욕물에…… 담근다! 이 치욕!

집사가 나를 거품 물에 푹 담근다. 긴 털이 물먹은 솜처럼 무거워진다. 물고문으로 부족한지 그녀가 흰 거품으로 나를 박박 문지르기 시작한다. 검은 기름이 서서히 빠지자 내 털은 본래의 흰색과 검은색을 되찾는다. 평생 목욕이랑은 인연이 없을 줄 알았는데, 인간의 노동을 궁금해하다가, 그 얄궂은 호기심 때문에 요 모양 요 꼴이 됐어.

나탈리가 한참 있다 물에서 나를 꺼내 젖은 채로 사진을 한 장 찍는다. 그러더니 비웃는 것처럼 자꾸 내 이름을 부르면서 몸을 말려 준다. 옆에서 구경하는 인간들이 연신 웃음소리를 낸다. 드디어 집사가 사면이 막힌 상자 속에 나를 넣는다. 평소에 자는 시간인 데다 방금 당한 수모를 머리에서 지우고 싶어 나는 종이 감옥에서 잠을 청한다. 예전처럼 몸이 다시 보송보송해질 수 있을까? 설마 평생 이렇게 물기를 달고 살아야 하는 건 아니겠지? 혼곤한 잠으로 빠져드는 동안 이 질문이 머리를 떠나지 않는다.

잠이 깨 눈을 떠도 나는 여전히 상자 속에 있다. 그 사이 집사가 상자에 구멍을 뚫어 놓아 그녀가 노동을 하는 일터가 눈에 들어온다. 바깥이 어스름한 걸 보니 하루가 끝나 가는 모양이다. 구멍을 통해 집사가 노란 모자를 벗는 모습이 보인다. 드디어 집에 가는구나. 집에 가자마자 벽난로 옆 소파에 앉아서 이 치욕의 흔적을 떨어내야겠어. 배고픈 건 문제도 아니야.

대체 내가 뭐에 홀려서 인간의 노동을 궁금해했을까? 상자 안에서 가슴을 치며 후회하는 나를 들고 집사는 다시 땅속 괴물의 배 속으로 들어간다.

따가운 비누 향과 가시지 않는 기름내, 물이 닿던 순간의 끔찍한 기억을 지우기 위해 나는 열심히 몸을 핥는다. 내 마음을 아는지 모르는지, 집사는 집에 도착해 담배부터 입에 문다!

그녀가 습관처럼 TV를 켠다. 이제는 익숙해진 이미지들이 화면을 지나간다. 알아듣지 못할 말을 하는 인간들, 피가 흥건한 상태로 누워 있는 죽은 인간들, 사방을 뛰어다니는 인간들, 소리를 지르며 검은 깃발을 흔들어 대는 인간들……

집사는 평소보다 더 신경이 곤두서 있다. 하지만 아까 나한테 한 짓을 생각하면(일생일대의 치욕이야!) 갸르릉 소리로 위로해 주고 싶은 마음이 발톱만큼도 없다. 그래, 이게 내 복수야!

미안하긴 한지 집사가 헤어드라이어를 들고 나에게 더운 바람을 보낸다. 나는 재빨리 냉장고 위로 도망친다. 부엌 창문으로 밖을 내다보니 어느 결에 해가 기울었다. 이

제 밤인데, 털이 젖어서 어떻게 피타고라스를 만나지?

에라 모르겠다. 밥부터 먹자.

밥그릇에 머리를 박고 있는데 펠릭스가 다가와 어딜 갔다 왔냐고 묻는다. 낮에 있었던 일을 얘기해 주려다가 나는 순종 앙고라가 노동, 전쟁, 공룡, 이집트인, 웃음, 신 같은 까다로운 개념을 이해할 리 만무하다는 생각이 들어 마음을 접는다.

문득 밥그릇과 부엌, 거실, 집사로 한정된 세계에서 사는 그가 측은하게 느껴진다. 그의 편협한 의식에 맞춤인 좁은 세계.

그는 바스테트가 인간 암컷의 몸에 고양이 머리가 달린 이집트 여신의 이름이었다는 것을 상상조차 못 할 거야.

붙잡고 가르쳐 줘야 하나? 아니야, 내 코가 석 잔데, 나도 배울 게 산더미인데. 게다가 괜히 수준에도 맞지 않는 어려운 개념들을 가르쳤다가 걱정만 하게 만들 수도 있어.

펠릭스와는 어떤 대화를 나눌 수 있을까?

펠릭스는 무지하니까 행복한 거야.

그가 측은하기도 하지만 한편으로는 부럽기도 하다.

내가 복잡한 생각을 하면서 자기를 바라보다 고개를 가로젓자 펠릭스가 갑자기 선반으로 뛰어오른다. 내가 더 이상 사랑을 해줄 수 없는 자신을 원망하고 있다고 오해한 모양이다. 그가 그리움 가득한 얼굴로 잃어버린 땅콩 두 알이 든 유리병을 가리킨다.

나 원, 수컷들이란, 무조건 기승전땅콩이지.

나는 무심하게 꼬리를 치켜세우고 몸을 휙 돌려 나탈리가 있는 거실로 돌아온다. 그녀가 전화기에 대고 얘기를 하다가 부엌에 가서 김이 모락모락 나는 노란색 음식을 먹는다. 그녀가 침실에 가서 옷을 벗고 욕실로 걸어 들어간다. 나는 멀찍이 떨어져 그녀를 관찰한다. 그녀가 세면대 앞에 서서 화장을 지운 다음 물과 비누로 얼굴을 씻더니(몸에 물이 묻었는데 어떻게 기분이 좋아 보이지? 변 댄가?) 풀 냄새가 나는 크림을 얼굴에 바르고 침대에 눕는다.

그녀가 다정한 목소리로 내 이름을 자꾸 부르지만 나는 못 들은 척한다. 나도 자존심이 있어, 그런 수모를 당하고 아무렇지 않게 옆에서 갸르릉거리면서 같이 잘 순 없지.

나는 팽 돌아서서 발코니로 나간다. 샴고양이가 건너다보인다. 나는 관심을 끌기 위해 구슬픈 울음소리를 낸다.

「만나러 가고 싶지만 꼴이 말이 아니야. 오늘 강제로……

목욕을 당했어.」

「나한테 신경 쓸 필요 없어, 바스테트. 같이 나가서 몽마르트르 거리를 산책이나 하고 오자. 몸도 말릴 겸.」

아래층으로 내려가 밖으로 나가자 그가 다정하게 나를 반긴다. 얼굴을 맞비비다가 그의 촉촉한 분홍색 코가 내 코에 닿는 순간 몸이 짜릿짜릿하다. 내가 그에게 깊은 감정을 느끼고 있다는 증거다. 그가 밀어낼수록 내 감정은 더 커질 뿐이다.

이 만남은 그와 나, 우리 두 영혼의 만남이다. 나는 그의 영혼에 매료됐다.

나는 침을 꿀꺽 삼키면서 감정을 숨기려고 애를 쓴다.

찬 바람을 맞으며 사크레쾨르 대성당으로 걸어가다 보니 물기가 남은 몸에 서늘한 한기가 느껴진다. 몸이 으슬으슬하다.

종탑 꼭대기에 앉아 나는 피타고라스에게 오늘 낮에 인간의 노동을 탐구하다 겪은 어처구니없는 일을 자세히 들려준다.

「……인간들이 어찌나 큰 소리로 웃던지!」

「웃음소리를 낼 수 있는 인간이 난 부러워.」

피타고라스가 평소답지 않게 풀 죽은 목소리로 말한다.

「우리는 갸르릉 소리를 낼 수 있잖아.」

「인간들은 웃을 때 성적 쾌감에 버금가는 감정을 느끼기도 하나 봐. 우리 집사가 짝짓기를 하면서 내는 소리는 마치 크게 웃는 소리처럼 들려.」

이 순간, 갑자기 멀리서 폭발이 일어난다.

「아까 낮에 공사 현장에서 봤어. 인간들이 밤에도 노동을 하는지는 미처 몰랐네.」

「아니, 밤에 저런 폭발이 일어나는 건 〈노동〉하고는 무관해. 저건 테러야. 위치로 보아 국립 도서관이 폭파된 것 같아. 전 세계로 전쟁이 확산되는 가운데 테러리스트들이 이 도시를 혼란에 빠트리기 위해 대규모 살상을 자행하고 있어. 최근 들어 벌써 여러 번째야. 어린아이들에게 총을 쏘는 걸 너도 봤잖아. 인파가 많은 문화 명소를 골라 자폭 테러를 자행하기도 해.」

「왜 그런 짓을 하지?」

「시켜서 하는 거야.」

폭발 지점에서 불길이 하늘로 치솟아 오른다.

「누가 시키는데?」

피타고라스는 멀리 어둠 속에서 환한 빛을 내는 불길

을 바라볼 뿐 대답이 없다. 나는 태연한 척 자세를 바꿔 가며 몇 번 기지개를 켜고 나서 슬쩍 화제를 돌린다.

「나는 인간 집사들이 자기들 멋대로 결정을 내릴 때가 제일 짜증 나. 아기 시절에 나탈리를 처음 만날 때도 그랬어. 나는 시골에서 풀숲을 뛰어다니고 나무를 기어오르면서 행복하게 살았어. 달팽이와 고슴도치, 도마뱀이 내 친구였어. 그러던 어느 날 누군가가 가지각색의 동물이 들어 있는 케이지가 빽빽한 곳으로 엄마와 나를 데려갔어. 말하는 새와 형형색색의 물고기, 개, 고양이, 다람쥐, 토끼까지 없는 게 없었어.」

「〈펫 숍〉이었을 거야…….」

「거기서 몇 밤이 지나니까 나를 엄마와 떨어뜨려 놓더라. 나는 다른 새끼 고양이들과 같이 거리가 보이는 투명한 유리창 앞으로 옮겨졌어.」

「손님을 끌려고 귀여운 새끼들을 일부러 앞쪽에 진열하는 거야.」

「어느 날 나탈리가 나타났어. 집사가 새끼 고양이들을 하나하나 유심히 보다가 나를 가리키면서 뭐라고 한마디 했어.」

「〈저걸로 주세요〉 했겠지.」

「그러자 손이 하나 나타나 나를 집었어. 나는 순식간에 그녀의 품에 안겼어.」

「고양이의 흔한 운명이지.」

「그녀가 나를 안고 빤히 쳐다보면서 〈바스테트, 바스테트〉 하고 불렀어.」

「다른 고양이들은 네 처지가 부러웠을 거야. 아무도 데려가지 않은 새끼 고양이들은…… 처분됐을 테니까. 그런 걸 〈재고〉라고 하지.」

피타고라스가 주변을 밝히며 벌겋게 피어오르는 불길에서 눈을 떼지 못한다.

「TV 뉴스를 봤는지 모르겠는데, 사태가 점차 악화되고 있어. 사망자가 늘어나고 있어. 동족을 죽이려는 인간들이 많아지고 있어.」

「종교가 인간을 구할 수 있지 않을까.」

내가 호기롭게 한마디 던진다.

「종교? 바로 그 종교가 지금 인간들을 갉아먹고 자기 파괴로 내몰고 있어.」

「숭배할 신을 잘못 골라서 그렇지. 예전처럼 바스테트 여신을 숭배하면 되잖아.」

그가 절레절레 고개를 흔든다. 국립 도서관에서 일어

난 폭발 때문에 상심이 큰 모양이다.

「인간과 고양이에 대한 세 번째 역사 강의를 들려줄까?」

그가 다소 뜬금없이 묻는다.

나는 앉았던 돌에서 편안히 자세를 고쳐 잡으며 귀를 앞으로 내민다. 아, 이 순간이 제일 행복해.

「지난번에 얘기했듯이 이집트인들의 찬란한 문명은 전쟁으로 잿더미가 됐어.」

「고양이들을 죽인 악독한 캄비세스 2세 때문이잖아.」

「이집트에 노예로 잡혀 있다 풀려난 히브리인들은 북동쪽으로 가서 유대 땅에 새롭게 정착했어. 그들은 도시를 세우고 항구를 통해 교역을 시작했지.」

「교역이 뭐야?」

「가장 오래된 노동의 한 형태야. 한 곳에서 생산한 곡식과 물품을 다른 곳에서 생산한 것들과 교환하는 걸 말해. 지금으로부터 3천 년 전, 다윗왕과 솔로몬왕 밑에서 히브리인들은 많은 상선을 건조했어. 그런데 배에 곡식을 실어 놓으면 쥐들이 다 갉아 먹었지. 그래서 왕들은 출항하는 배에 무조건 고양이를 태우라는 명령을 내렸어.」

「그래서 우리 조상들이 먼 곳까지 여행을 하게 됐구나?」

「처음에는 지중해 연안을 항해하다가 나중에는 육지

로 올라가서 낙타들과 함께 카라반의 일원이 됐어.」

「우리가 고작 설치류로부터 인간의 식량을 지켜 주는 역할만 했다는 거야? 실망스러운데.」

「상인들은 항구에 정박해 배에서 태어난 새끼 고양이들을 현지인들에게 나눠 주고 떠났어. 생전 본 적도 없는 고양이를 사람들은 무척 좋아했지. 그런데 고양이가 퍼지면서 반려동물로 고양이를 선호하는 인간들과 개를 선호하는 인간들로 나뉘게 됐어.」

멀리서 불길이 점점 위세를 확장하고 있다.

「보통 고양이는 지능 때문에, 개는 힘 때문에 좋아했어. 고양이는 자유를 즐기는 반면 개는 복종을 좋아해. 이것만 봐도 두 종은 무척 다르지. 고양이는 밤을 좋아하고 개는 낮을 좋아하는 것도 달라.」

「상호 보완적이네 뭐.」

「인간들은 그렇게 바라보지 않았어. 그래서 개를 좋아하는 인간들이 자신들의 개를 시켜 고양이를 사냥하게도 했어. 고양이 몰이를 해서 마을 고양이를 모조리 잡아 죽인 일도 있었지.」

「우리 조상들이 배를 타고 항해했다고 했는데, 수영은 못 했지?」

「인간들이 그 점을 알고 고양이를 배에 태운 거야. 우리 고양이 조상들이 어떻게든 배가 침몰하지 않게 해줄 거라고 믿은 거지. 인간들이 바다를 항해하는 동안 생기는 수많은 문제를 예측하고 옆에서 같이 해결하면서 고양이는 지능이 점점 높아졌어. 태풍이 오는 것도 직감으로 알 수 있었지.」

「너는 모르는 게 없으니까 말 나온 김에 하나 물어볼게. 개는 헤엄을 치는데 우리는 왜 헤엄을 못 쳐?」

「피부와 털이 개와 달라서 그렇다고 알고 있어. 하지만 고양이라고 다 그런 건 아니야. 물을 좋아하는 고양이도 있대. 물론 나는 너처럼 몸이 젖는 생각만 해도 몸서리가 쳐지지만.」

나는 억지로 목욕을 하던 기억을 떠올리며 몸을 부르르 턴다. 피타고라스나 나나 요새 마음고생이 참 심했어.

「고양이는 그렇게 유대 땅에서 전 세계로 퍼져 나갔어. 기원전 1020년 문헌을 보면 고양이가 인도 땅에 최초로 발을 디뎠다고 나와 있어.」

「인도? 그게 뭔데? 어디야?」

「동쪽에 있는 아주 큰 나라야. 상인들은 그곳에 도착해서 우리를 향신료와 교환했어. 고양이의 존재를 처음 알게 된 인도인들은 금방 우리한테 매료됐지. 그들은 인간의 몸에 고양이 머리가 달린 여신을 다시 숭배하기 시작했어. 이번에는 사티라는 이름으로 불린 그녀도 다산의 상징이었지.」

「〈나〉를 숭배하는 풍습을 다시 만든 걸 보니 인도인들은 아주 예민하고 섬세한 사람들이었나 봐.」

「사티 조각상은 속을 텅 비게 파서 눈이 있는 자리에 등잔불을 넣었어. 쥐와 악귀를 쫓으려고 일부러 환히 빛나게 만든 거야.」

「정말 아름다웠겠다.」

「인도인들은 인간에게 요가(우리가 기지개를 켜는 모습을 본떠 만든 체조)와 명상(우리가 깊은 낮잠을 자는 걸 흉내 낸 것)을 가르쳐 준 게 우리들이라고 생각해.」

이 말을 들으니까 갑자기 기지개를 켜고 싶어지네. 나는 오른쪽 다리를 머리 위로 한껏 치켜들고 배를 할짝할짝 핥기 시작한다.

「고양이는 기원전 1000년에 처음으로 중국 땅을 밟았어. 중국은 인도보다 동쪽에 있고 땅도 훨씬 넓은 나라지. 중국에 간 상인들은 우리 조상들을 중국인들에게 주고 고운 비단과 향신료, 기름, 술, 차를 받았어. 당시 중국 주

나라에서는 고양이가 평화와 안녕의 상징이자 행운의 부적이었어. 주나라 사람들 역시 우리를 경배하기 위해 고양이 모습을 한 이수라는 여신을 만들었지.」

「바스테트를 숭배하는 전통의 맥이 그렇게 이어졌구나.」

「고양이들은 동쪽으로만 퍼져 나간 게 아니라 북쪽으로도 세를 확장했어. 기원전 900년에는 우리 조상들이 덴마크에 당도했다고 전해져. 그래서 덴마크 땅에 프레이야라는 다산의 여신을 숭배하는 전통이 생겨났어. 신성한 고양이 두 마리가 프레이야가 타고 다니던 전차를 끌었는데, 한 마리는 〈사랑〉을, 다른 한 마리는 〈자애로움〉을 뜻하는 이름으로 불렸어.」

덴마크와 중국, 인도가 뭔지, 유대 땅이 어디에 붙었는지 모르지만 피타고라스 얘기를 들으면서 한 가지는 분명히 알게 됐다. 한때 이집트 땅에만 존재했던 우리 고양이들이 세계를 여행하는 인간들을 이용해 점점 더 넓은 땅으로 영향력을 확대해 나갔다는 사실이다.

나는 처음으로 피타고라스에게 이해가 안 되는 부분을 다시 얘기해 달라고 부탁한다. 그의 말 속에 등장한 인간들의 외양, 그들이 먹었던 음식, 입었던 옷, 삶의 풍경을 최대한 자세히 묘사해 달라고. 그는 싫은 내색 없이 궁금증을 속 시원히 풀어 준다.

피타고라스는 인내심을 발휘하면서 한 단어 한 단어 되짚어 설명해 준다. 각 단어에 담긴 인간의 정신세계를 설명하면서 내 인식의 영역을 확장시켜 준다.

나는 감탄을 금치 못하며 어떻게 이런 방대한 지식을 갖게 됐냐고 그에게 다시 묻는다.

처음에는 고개를 갸웃하면서 망설이던 그가 입을 달싹이는 폼이 비밀을 공개할 분위기다.

그런데 지척에서 폭발음이 들리자 그가 태도를 바꾸더니 종탑 계단을 달려 내려가기 시작한다. 그가 무시무시한 소리가 나는 쪽으로 걸음을 재촉한다. 환히 불이 밝혀진 대로에서 수천 명의 인간이 두 집단으로 나뉘어 대치하고 있다. 위에서 내려다보면 상황 파악이 쉬울 것이라며 피타고라스가 플라타너스나무를 기어 올라간다.

「저게 전쟁이야?」

피타고라스는 대답 대신 인간들을 가리키면서 유심히 관찰하라는 신호를 보낸다.

오른쪽 무리가 구호를 외치면서 검은색 깃발을 휘두른다.

이들을 마주 보고 있는 왼쪽 무리는 모두 짙은 청색 제복에 노란색 띠를 두른 헬멧을 머리에 쓰고 있다. 손에 깃발 대신 방패와 막대기를 든 이들은 오른쪽 무리와 달리 말이 없다. 양측 모두 뭔가를 기다리는 눈치다. 공기 중에 수컷들의 호르몬 냄새가 짙게 퍼져 있다. 흥분한 에너지의 파동이 내 수염에 와닿는다.

청색 무리 쪽으로 불붙은 병이 하나 날아간다. 제복을 입은 인간들이 마침맞게 양쪽으로 갈라지며 병을 피한다. 바닥에 떨어진 병에서 불이 활활 타오른다.

제복들이 이내 반격에 나서 상대편을 향해 긴 꼬리 같은 연기를 피워 올리는 물체를 던지기 시작한다.

「아니, 저건 전쟁이 아니야, 아직은 아니야. 지금 보는 건 충돌의 전초전에 불과해. 제복을 입은 인간들은 현재의 체제를 수호하는 자들이고 반대쪽은 그것을 파괴하려는 자들이야.」

「어느 쪽이 옳아?」

「그게 뭐가 중요하겠어?」

검은 깃발을 든 무리가 청색 제복들을 향해 돌격한다. 육탄전이 벌어진다.

거리에 있는 쓰레기통들이 불타고 날아다니는 탄환들이 뿜는 매운 연기가 눈을 찌른다. 인간들이 정신없이 뛰어다니면서 고함을 지르고 주먹질을 하고 발길질을 해댄다. 인상을 찡그리면서 욕을 하고 상대의 옷을 찢고 달려들어 물어뜯기도 한다.

공기 중에 퍼진 매캐한 냄새 때문에 속이 뒤집힐 듯이 울렁거린다. 나는 왝, 토하면서 그에게 확인하듯 묻는다.

「저래도, 〈저게〉 아직도 전쟁이 아니라고?」

「더 이상 테러라고 볼 수는 없지만 아직 내전이 벌어진 건 아니야. 〈시위가 격화된〉 것뿐이야. 아직은 화염병(불을 붙여 던지는 병)과 최루탄(연기를 뿜으며 날아가는 탄환)을 주고받는 수준이니까. 양 진영이 청색 제복과 평상복 대신 다 녹색 제복을 착용하면 전쟁이 일어난 거야.」

나는 양쪽 인간들이 죽기 살기로 싸우는 모습에 경악을 금치 못한다.

「숨을 못 쉬겠어. 집사의 담배 연기보다 냄새가 훨씬 독해.」

나는 야옹, 하고 고통스러운 소리를 내며 묻는다.

「날 여기로 데려온 이유가 뭐야?」

「가까이서 보여 주려고. 지금 여기서 벌어지는 상황이 프랑스와 유럽, 전 세계 대도시들에서 똑같이 벌어지고 있다는 걸 알려 주려고. 인간들이 광기에 가까운 공격성을 보이는 게 태양의 흑점과 관련이 있다는 분석도 있어. 11년 주기로 흑점이 폭발을 일으킬 때 인간들의 감각에 혼란이 일어나서 살상 충동이 생긴다는 거야. 어쨌든 네가 본 장면은 인간들이 자멸로 접어들었다는 증거야. 걷잡을 수 없는 상황이야. 인간들은 지금 진화의 마지막 단계에 와 있는지도 몰라.」

눈에서 불이 나고 폐가 타들어 갈 것 같은데도 나는 최면에 걸린 듯 눈을 떼지 못하다가 겨우 정신을 차리고 귀를 부르르 턴다.

나는 〈시위〉 중인 인간들을 길에 내버려 두고 피타고라스와 함께 안전한 집으로 돌아온다.

나는 고양이 출입구를 지나 바구니 침대에 몸을 눕힌다. 드디어 묘생을 걸고 이룰 야심 찬 목표가 생겼다. 지금, 여기, 이 나라에, 나아가 세상 모든 나라들에 고양이 머리를 가진 여신을 숭배하는 전통을 부활시키는 거야.

그날이 오면 인간들은 나를 경배하는 마음으로 하나가 되어 예전처럼 다시 평화를 누리며 살게 되겠지.

10

사건들

나는 수시로 오래 잔다.

하루 이틀은 보통이고 한번은 내리 사흘을 잔 적도 있다.

그런데 오늘은 어째 어스름이 깔리기도 전에 슬그머니 눈이 떠진다. 몸이 천근만근이다.

흠흠. 시위 현장의 가스 냄새가 아직 몸 구석구석 배어 있다. 나는 냄새가 독한 곳을 찾아 열심히 털을 핥고 나서 헤어볼을 토해 낸다.

바닥에 구르는 털 뭉치들을 보면서 피타고라스한테 들은 얘기를 다시 떠올린다. 지금 그가 하듯 언젠가 나도 동족들을 가르치려면 방대한 정보를 저장할 방법을 찾아야 한다. 어떤 방법이 있을까…….

곰곰이 생각해 보니 피타고라스가 나만큼 똑똑하지 못

한 고양이들한테 그런 얘기를 했으면 정신병자 취급을 받았을지도 모른다는 생각이 든다. 그들이 피타고라스를 없애려고 했을지도 모른다.

나처럼 진화된 고양이야 그의 말을 이해하지만 다른 고양이들은 그의 지식을 분명히…… 요상하고…… 추상적인…… 헛소리로 받아들일 것이다.

거짓에 익숙해진 자들의 눈에는 진실이 의심스럽게 보이는 법이니까.

펠릭스는 밥그릇에 코를 박고 있다. 내가 얻은 지식을 펠릭스 같은 존재가 접하면 어떤 반응을 보일까? 과연 이해할 수 있을까?

지식은 의식의 변화를 요구한다. 하지만 아무도 자신의 편협한 세계관을 바꾸고 싶어 하지 않는다.

나는 목구멍 깊숙이 걸려 있는 매큼한 걸 끌어 올려 밖으로 토해 낸다(젠장, 다음 날까지 이렇게 나쁜 효과가 남아 있는 걸 보니 전쟁은 진짜 건강에 해롭나 봐. 나는 전쟁을 소화시키지 못하나 봐).

차마 나를 흔들어 깨우지 못하고 주위를 서성거리던 펠릭스가 반갑게 다가와 인사를 건넨다.

우리가 같이 산 지 벌써 여러 주가 지났다. 뚱돼지로 변한 그를 보고 있으면 오만 가지 생각이 든다. 고양이라는 종은 인간과 어울리면서부터 노력할 필요를 못 느끼게 됐어. 두려움에 떨 일도 부지런히 사냥할 일도 없어졌지, 모험을 꿈꾸지도 않게 됐어. 편안하고 반복적인 일상을 살아갈 뿐이야.

변화를 꾀하지 않으면 나도 결국 펠릭스처럼 될 거야. 비만 고양이가 돼 전망도 계획도 없는 삶을 살아가겠지, 그런 삶에…… 자족하면서.

나는 2층에 올라가 집사의 방에 붙은 욕실로 들어간다. 거울이 있는 세면대로 폴짝 뛰어오른다. 거울의 용도를 알고 나니 내 모습을 비춰 보는 게 두렵지 않다. 나는 세면대 가장자리에 올라서서 거울을 들여다본다.

어머! 나도 살이 쪘네! 아침에 토하고, 몸도 부해 보이는 게, 혹시 어디 탈이 났나?

나는 눈을 감고 몸속 감각들에 귀를 기울인다. 틀림없다. ……임신이야.

곰곰이 생각해 본다. 혹시 펠릭스 작품인가? 가능해.

지금 내 머릿속에는 한 가지 생각뿐이다. 이 소식을 제일 먼저 피타고라스한테 알려야 해.

건너편 발코니로 점프를 시도하기에는 몸이 너무 무거

운 것 같아 나는 고양이 출입구로 집을 빠져나간다. 다시 그의 집 고양이 출입구를 통해 안으로 들어간다.

「피타고라스! 피타고라스! 내가 엄마가 돼!」

대답이 없네. 집사인 소피의 흔적도 보이지 않는다.

이사를 갔나? 그럼 인간과 고양이 역사의 뒷이야기는 누구한테 듣지?

나는 집 안 곳곳을 살피기 시작한다. 뭔가 심상치 않다.

피타고라스의 자동 급식기가 비어 있고, 급수기의 물도 말라 있고, 모래 화장실은 사용한 흔적이 없다. 소피의 침실에 올라가 보니 침대가 깔끔하게 정돈돼 있다. 사람이 누웠던 흔적이 없다.

혹시라도 다른 결론이 나올까 싶어 나는 소피의 방 거울에 다시 몸을 비춰 본다. 그래, 의심의 여지가 없어, 몸이 불었어. 배 속에서 〈뭔가〉 움직이는 것도 느껴져. 나는 간질간질한 젖꼭지에 침을 발라 가려움증을 가라앉힌다.

앞으로 넌 어떡하니. 피타고라스가 없는 네 삶은 얼마나 더 따분해질까.

〈바스테트!〉

우리 집에서 나를 부르는 소리다.

나탈리가 귀가한 모양이다. 나는 고양이 출입구로 집

에 들어간다.

집사가 작은 가방을 하나 들고 거실에 서 있다. 내 머리를 쓰다듬는 손길로 짐작하건대 이번에도 깜짝 선물을 준비한 게 틀림없다.

이전 선물들의 수준을 감안하면 큰 기대는 안 하는 게 좋겠어.

집사가 플라스틱 케이스를 열고 작은 공 모양의 펜던트가 달린 목걸이를 꺼내 보여 준다.

이 제스처를 어떻게 받아들여야 하지? 드디어 내가 누군지 알게 된 건가? 나한테 봉헌하는 물건인가?

나탈리가 내 이름을 말하면서 어쩌고저쩌고하는데, 제3의 눈이 없는 나는 그녀가 횡설수설 내뱉는 말을 이해할 길이 없다.

잠시 후, 그녀가 습관처럼 다시 TV 앞에 앉는다. TV에서 어제저녁에 벌어진 사건을 다루고 있는 것 같다. 폭발 현장을 가까이서 담은 이미지들이 눈앞을 지나간다. 곧이어 짙은 청색 제복을 입은 인간들과…… 뭐랬더라? ……그래, 〈최루탄〉을 투척하는 인간들이 대치하는 장면이 나온다.

스트레스가 극에 달한 듯, 나탈리가 한 번도 하지 않던 이상한 행동을 한다. 손톱 끝을 잘근잘근 깨물어 바닥에 뱉는다.

TV 화면은 어느새 과격하게 소리를 지르는 인간들로 바뀌어 있다.

마치 우리를 향해 얘기하는 것 같다. 턱수염을 길게 기른 인간들과 넥타이를 맨 인간들이 뒤섞여 얼굴을 찡그리면서 고함을 지르고 허공에 주먹을 내지른다.

손톱을 물어뜯는 걸로 모자라 집사가 담배를 피우고 독한 술 냄새가 나는 음료를 따라 마신다.

다시 구역질이 치민다. 나도 마음이 어수선해서 집사를 토닥이고 위로해 줄 여유가 없다.

나는 세상모르게 자고 있는 펠릭스 옆을 지나 2층으로 올라간다. 베개에서 하얀 깃털이 빠져나와 공중으로 솟구칠 때까지 분풀이하듯 발톱으로 박박 긁는다.

왠지 힘든 날들이 찾아올 것 같다.

오늘따라 내가 왜 이렇게 멍청하게 느껴질까.

나는 똑똑해지고 싶어. 꼭 그렇게 되고 싶어.

11

출산

30일 가까이 먹고 자기만 했다. 외출할 엄두를 못 낼 만큼 몸이 불어 배가 고프지 않으면 옴짝달싹하기가 싫다. 밥 먹을 때나 가끔 인간 집사나 펠릭스를 마주칠 뿐, 피타고라스와는 소식이 끊긴 지 오래다.

피타고라스의 가르침 없이 산 지난 30일은 허비한 날들이다. 머릿속이 혼탁하다. 내 정신은 구름이 아니라 희부연 안개로 변했다. 전쟁이니 역사니 하는 것들에 흥미를 느낄 수도 없다.

외출하고 싶은 생각이 사라졌다.

드디어 배 속 생명체들이 존재감을 드러내기로 작정한 모양이다.

나는 배를 할짝할짝 핥는다.

배꼽 가까이 볼록한 자리가 조금씩 움직인다.

〈새로운 세대〉의 탄생인가?

제발 태어나기도 전부터 성가시게 하지는 않았으면.

이제는 넘어지지 않고 세면대에 서 있지도 못하지만 군이 거울을 들여다보지 않아도 몸이 두 배로 불은 걸 느낄 수 있다. 뚱뚱해졌다기보다는 거대해졌다는 표현이 더 정확하다. 몸을 조금만 움직여도 피곤하고 숨이 차 헉헉거린다. 먹고 돌아서는 순간 배가 고프다.

밥그릇까지 걸어가는 게 요즘 하는 유일한 운동이다. 하지만 내 안의 존재들은 아우성을 친다. 배 속에서 숨바꼭질이라도 하는지, 원. 내 허리를 공으로 생각해 뻥뻥 걷어차고 수시로 티격태격 쌈질을 한다.

지금 내 소원은 녀석들이 하루빨리 밖으로 빠져나오는 것뿐이다.

두툼한 뱃살 밑에서 다시 울룩불룩 움직임이 시작된다. 나오고 싶어 안달을 하면서 벽을 긁어 대는 것 같다.

드디어 첫 번째 진통이 시작된다. 잠시 후 찾아온 두 번째 진통. 시간이 갈수록 자궁 수축이 잦아지고 통증이 격화된다. 이러다 내장이 끊어질 것 같아.

이제 나오려나.

나는 목이 터져라 울기 시작한다.

나탈리! 빨리 와! 당장 와서 어떻게 좀 해!

그러나 집사는 TV 앞에서 꼼짝을 하지 않는다. 어쩌면 인간이 저렇게까지 이기적일까. 자기 생각밖에 안 해.

내가 TV와 그녀 사이에 버티고 서자 그녀가 무표정한 얼굴로 나를 번쩍 들어 옆으로 옮겨 놓는다.

차라리 벽에 대고 얘기하는 게 낫겠어. 그래, 나 혼자 〈일〉을 처리하는 수밖에 없어. 뭐, 새삼스러울 것도 없지. 우린 누구나 혼자야, 믿을 건 결국 자기 자신뿐이지.

펠릭스가 돕겠다고 나서지만 도움이 안 될 게 뻔하다. 괜히 발치에서 왔다 갔다 하면서 성가시게만 할 테니까.

그가 노란 눈을 크게 뜨고 어찌할 바를 몰라 나를 빤히 쳐다본다.

나는 곁에 있어도 되지만 절대 귀찮게는 하지 말라고 신신당부한다. 아빠인 건 인정하지만 〈딱〉 거기까지라고, 그 이상도 이하도 아니라고.

진통이 격렬해지고 자궁 수축 간격도 짧아진다. 혼절할 듯한 나를 안쓰럽게 바라보는 펠릭스의 표정을 보니 산고를 짐작하는 것 같긴 하다. 하지만 이 순간 암컷이 느끼는 고통을 감히 수컷이 어떻게 상상할 수 있을까?

갑자기 뭔가가 몸 아래쪽으로 쑥 내려간다.

나는 바구니 안에서 최대한 편안한 자세를 취한다. 눈꺼풀이 달라붙어 있는 축축한 머리 하나가 몸 밖으로 빠져나온다. 세 번의 격렬한 진통 끝에 나는 머리를 완전히 밖으로 밀어낸다.

드디어 끝났다. 내 새끼가 세상에 나왔다.

어린애 주먹만 한 검은 털 뭉치가 여전히 눈을 감은 채 다리를 꼼지락꼼지락 움직인다. 나는 본능적으로 몸에 붙은 탯줄을 이빨로 자른다. 혀끝에 닿는 맛이 생소하긴 해도 거부감은 들지 않는다. 나는 자른 탯줄을 뱉지 않고 목으로 삼킨다. 내 몸에서 나온 살을 다시 먹게 될 줄이야! 나는 배에 잘팍하게 묻은 액체를 혀로 깨끗이 핥아 먹는다. 맛이 과히 나쁘지 않다.

새끼를 막 핥고 있는데 다시 배가 몹시 땅기며 진통이 시작된다. 한 녀석이 더 세상으로 나온다. 털색이 눈처럼 흰 아기.

내 배 속에서 세상으로 나온 새끼는 모두 여섯 마리.

검은 털 한 마리, 흰 털 한 마리, 검은 점이 박힌 흰 털 두 마리, 회색 털 한 마리, 마지막으로…… 치즈색 한 마리.

아직 눈을 뜨지 못한 새끼들이 내 몸에서 나온 끈적끈

적한 점액에 싸여 있다.

새끼들을 하나씩 핥아 주다 보니 회색 털을 가진 아기가 움직이지 않는다. 이런 상황에 마땅한 대처법(사산한 새끼는 먹어서 처리하는 게 어미 고양이의 본능이다)을 알고는 있지만 차마 용기가 나지 않는다.

나는 일단 녀석을 옆으로 밀어 놓고 나머지 다섯 새끼를 가까이 끌어당긴다.

젖내를 맡은 새끼들이 배 위로 기어 올라오더니 입을 젖꼭지에 갖다 대고 악착같이 빨기 시작한다. 조금 아프지만(치즈빛 녀석이 어찌나 젖을 깨물어 대는지 모른다) 새롭고 기분 좋은 이 느낌.

몸은 텅 빈 듯하지만 묘한 충만감이 밀려온다. 부드러운 에너지의 파동이 내 몸을 관통한다.

이보다 더 좋을 수 있을까.

자식이 생기는 게 이렇게 행복한 일이구나. 삶이 영속을 위해 나를 매개로 선택했기 때문에 내가 기다림과 고통의 시간을 지나와야 했는지도 모른다.

펠릭스가 다가와 다정하게 이마를 핥아 준다. 솔직히 지금 이 순간은 그의 시의적절한 제스처가 고맙고 사랑스럽다.

「회색 아기 좀 부탁해도 될까?」

그가 말없이 새끼를 물고 어디론가 사라졌다 오더니 다섯 털 뭉치를 사랑스럽게 내려다보며 감격에 젖는다.

「내 자식들이야.」

나는 그와 처음 몸을 섞기 며칠 전에 동네의 다른 수컷들과 관계를 가졌다는 얘기를 차마 면전에서 하지 못한다.

「너무 예뻐.」

펠릭스는 한동안 말을 잇지 못한다.

집사는 대체 뭘 하고 있는 거야? TV 소리가 크게 들리는 걸 보니 여전히 전쟁에 정신이 팔려 있는 모양이네.

인간들의 생명 에너지는 꺼져 가는데 내 생명의 에너지는 분출하는 중이다.

「회색 아가는 어떻게 했어, 펠릭스?」

「나탈리 앞에 갖다 놨어. 조금 정신이 들면 보고 상황을 파악할 거야.」

아나나 다를까, 고막을 찢을 듯한 괴성이 들려온다. 내가 선물로 준 쥐를 발견하고 냈던 소리와 똑같은 소리다. 부산한 움직임과 함께 쿵쾅쿵쾅 발소리가 들리더니 그녀가 비닐봉지와 삽을 들고 내 앞에 나타난다.

그녀가 뒤늦게 관심을 보인다. 야단을 치지도 혼내지

도 않고 빙그레 웃으면서 내 정수리를 쓰다듬고 턱 밑을 쓸어 올려 준다.

그녀 나름의 축하 인사가 분명하다. 마침 응원과 격려가 필요하던 차였어.

집사가 내 이마를 쓰다듬고 나서 큼지막한 그릇에 우유를 담아 건넨다. 젖을 먹어야 젖이 나온다고 생각하는 모양이다. 성의가 고마우니 맛있게 먹어 주지.

나는 그녀가 비닐봉지에 담아 놓은 회색 새끼를 떠올리며 착잡한 심정이 된다. 옛날 같으면 출산한 어미가 제 새끼들을 먹어 허기진 배를 채웠을지 모르지만 지금은 세상이 변했다. 더군다나 그건 〈문명화된〉 내 눈에는 당치 않은 풍습이다. 고양이가 죽으면 미라로 만들고 의식을 갖춰 땅에 묻어 주는 게 당연하다고 여기는 나 같은 고양이한테는 상상도 할 수 없는 일이다.

새끼를 잃은 어미의 비통한 심정을 헤아려 나탈리가 눈썹이라도 밀어 애도를 표하는 게 집사 된 도리 아닐까.

그런데 그녀는 스마트폰으로 내 새끼들의 사진을 찍고 어디론가 쉴 새 없이 전화를 거느라 바쁘다. 수화기를 들고 들뜬 목소리로 얘기하는 그녀의 입에 내 이름이 계속 오르내린다.

이때, 난데없이 피타고라스가 나타난다.

그가 나를 향해 다가온다. 고양이 출입구를 통해 우리 집에 들어온 모양이다.

「잘했어, 고생 많았어.」

그가 내 등을 몇 번 핥아 준다. 날아갈 것 같다.

「그동안 어디 갔다 왔어?」

내가 샴고양이와 단둘이 있고 싶어 하는 걸 눈치챈 펠릭스가 두말 않고 선선히 자리를 비키더니 자기 밥그릇 앞에 가서 앉는다. 그의 섬세한 배려가 새삼 고맙다.

「홀연히 사라져서 걱정했어. 다시는 못 볼 줄 알았어.」

나는 나도 모르게 속마음을 털어놓는다.

「집사가 나한테 실험을 할 게 있어서 시골 별장에 다녀왔어. 실험 조작을 하려면 집에는 없는 장비가 필요했거든.」

「어떤 실험인데?」

「내 제3의 눈을 개선하는 데 필요한 실험이야.」

「널 지금보다도 더 똑똑하게 만들려고?」

「인간 세상을 이해하기에 더 적합한 고양이로 만들려는 거지. 역사가 한 치 앞을 내다볼 수 없게 움직이고 있기 때문에 내가 언제든 개입할 수 있는 준비를 갖추고 있어야 해.」

그가 또 한 번 묘한 표정을 지어 나를 매료시킨다. 그의 말을 이해하진 못해도 내가 범접할 수 없는 어떤 과정에 그가 개입돼 있다는 것은 짐작할 수 있다.

「언제 돌아왔어?」

「방금 전에. 네 얼굴을 봐야 할 것 같아서 왔어.」

이번에는 피타고라스가 나한테 묻지도 않고 새끼들을 다정하게 핥아 준다.

나는 제일 활발한 치즈색 아가를 가리키며 그에게 묻는다.

「아빠일 가능성이 있는 펠릭스는 털이 흰색이고 나는 흰색과 검은색이 섞였는데 어떻게 저런 색이 나올 수 있지?」

「유전 법칙이지.」

그가 대답을 얼버무린다.

나는 그에게 새 목걸이를 보여 준다.

「예쁘네. 그런데 이건 보통 액세서리가 아니라 특별한 목걸이야. 집사가 너한테 GPS 추적 장치를 달아 놓은 거야. 지난번에 네가 일터에 나타나서 돌아다니는 걸 보고

걱정이 돼서 다시는 그런 일이 없게 예방 차원에서 달아
놨을 거야.」

한편으로는 짜증스럽지만 앞으로는 길을 잃을 일이 없
을 거라 생각하자 안도감이 든다.

피타고라스가 새끼들을 가리키며 착 가라앉은 목소리
로 말한다.

「새끼들을 다 데리고 있진 못할 거야.」

「엥? 그게 무슨 소리야?」

「인간들이 한배에서 나온 새끼를 다 거두는 일은 극히
드물어.」

「그럼 어떻게 하는데?」

「팔고 선물로 주고 경우에 따라서는…… 익사도 시켜.」

「뭐라고!」

「인간들은 늘 그래 왔어. 새삼스러운 일이 아니야. 너
희 집사한테는 너랑 펠릭스, 이렇게 성묘가 둘이나 있잖
아, 그런 상황에서 다섯 마리를 더 감당하기는 힘들지.」

「내가 낳은 자식들이야!」

「너희 집사는 인간의 관점에서 네 새끼들이 자기 소유
라고 생각해.」

「**내** 집이고 **내가 부리는** 집사야.」

「그녀도 인간이야. 인간들의 규칙에 따라 작동해. 인간들이 스스로 우월한 종이라고 여긴다는 사실을 잊지 마.」

「그렇다면 내가 더더욱 나탈리와 소통에 성공해야 해. 꼭 내 손으로 새끼들을 키우고 싶다고, 아무리 많아도 나 혼자 감당할 수 있다고 얘기해 줘야 해.」

「과연 될까.」

「도와줘, 피타고라스. 너는 제3의 눈이 있잖아.」

「나는 인간의 정보를 수신만 하지 발신은 못 한다고 말했잖아.」

「나는 정신 대 정신으로 꼭 발신에 성공할 거야. 그래서 인간들한테 지시를 내릴 거야.」

피타고라스가 크고 파란 눈으로 나를 빤히 쳐다본다.

「지금 인간들한테는 고양이들 생각에 귀를 기울이는 것보다 더 급한 고민거리가 있어. 최근에 인간들 뉴스를 봤는지 모르겠는데, 테러와 시위와 소규모 교전에 이어 드디어 진짜 전쟁이 다가온 것 같아.」

「〈진짜〉 전쟁이면 〈시위〉보다 기침도 더 나고 속도 더 울렁거리겠지?」

「연막탄과 최루탄은 아무것도 아니야. 총(불을 뿜는 막대기 모양 물건을 너도 알지?)을 쏴대고 수류탄이 날아가고 지난번에 우리가 함께 본 것처럼 폭탄이 터져 폭발이 일어나는 게 전쟁이야. 막대한 피해가 발생하지.」

「오늘 하루를 이렇게 또 흥미로운 정보 두 개로 열었네. 집사는 내 새끼들을 멋대로 팔거나 죽이려 하고, 전쟁은 임박했고, 나 참.」

「좋은 소식을 못 줘서 미안해.」

이때, 딩동 하는 소리와 함께 소피가 현관에 등장한다. 나탈리가 반갑게 이웃을 맞더니 새끼를 하나씩 들어 벨벳 쿠션에 조심스럽게 올려놓는다. 둘은 내 새끼들을 쳐다보면서 흥분을 감추지 못한다. 연신 내 이름을 말하면서 번쩍번쩍 빛을 터뜨리는 스마트폰을 들고 사진을 찍어 댄다. 중간중간 피타고라스의 이름이 들리기도 한다.

「오늘 만남은 이만 줄여야겠어. 내가 여기 올 때마다 우리 집사가 걱정하는 것 같아.」

「뭘 걱정하는데?」

「너한테 〈너무 많이〉 가르쳐 줄까 봐.」

우리는 얼굴을 내밀어 코끝을 비비면서 인사를 나눈다. 수염이 엉키고 그의 촉촉한 코가 와 닿는 순간, 황홀하다. 그가 내 목에 대고 머리 박치기를 한다.

이렇게 다정하게 굴 때마다 너무 좋아.

소피가 분위기를 깨면서 피타고라스를 번쩍 안아 든다. 그녀가 집으로 돌아가자 나탈리가 새끼들을 내 옆에 다시 내려놓는다. 아기들이 기다렸다는 듯이 젖을 빨아 대기 시작한다.

젖꼭지에 매달린 허기진 새끼들의 입은 그들과 내가 일체라는, 아무도 우리를 떼어 놓을 수 없다는 확신 같은 것을 준다.

나는 젖이 텅 빌 때까지 빨아 대다가 잠이 든 새끼들을 핥아 주고 나서 엄마가 나한테 그랬듯이 새끼들의 목덜미를 물어 다른 곳으로 옮긴다.

새끼들은 세상모르고 곯아떨어져 쌔근거리고 있다.

나는 나탈리가 찾지 못하게 새끼들을 지하실 구석에 숨긴다.

그러고 나서 새끼들이 청각 지표를 가질 수 있게 갸르릉 소리를 들려준다.

잘 생각해 보면 해결책이 있을 거야. 지금부터 새끼들을 죽음에서 구할 전략을 짜야 돼.

나는 새끼들이 편안히 잠든 모습을 재차 확인하고 집사의 침실로 올라간다. 그녀는 오이 냄새가 나는 크림을 얼굴에 덮고 침대에 잠들어 있다. 나는 그녀의 배에 올라가서 심장에 귀를 대고 박동 소리를 듣는다.

중주파로 갸르릉거리기 시작한다.

절대 내 새끼들을 다른 사람한테 줘서도 죽여서도 안 돼. 내 손으로 다 돌보고 키울 거란 말이야.

나는 똑같은 메시지를 여러 번 내보낸다.

눈꺼풀 밑에서 눈알이 불뚝불뚝 움직이는 걸 보니 집사의 뇌 활동이 극도로 활발한 모양이다. 꿈을 꾸고 있는 것이다. 음험한 계획을 포기하게 그녀의 꿈에 영향을 미칠 수 있다면 얼마나 좋을까. 그녀의 왼손이 접혔다 펴진다.

그녀가 돌아눕더니 나직하게 코를 골기 시작한다. 몸의 긴장이 사라지고 편안히 이완된다.

내 메시지를 이해했을까. 그래야 하는데.

나는 새끼들한테 돌아가 피곤한 몸을 눕힌다.

금세 꿈을 꾼다. 기분 좋은 꿈속에서 나는 예전처럼 유연하고 단단한 근육을 가진 날씬한 몸매로 돌아가 다섯 새끼와 함께 숲속을 뛰어다닌다. 나란히 숲길을 내달리고 노란 꽃들이 오복하게 자란 양지바른 빈터를 휘젓고 다니고 촉촉한 풀밭에서 뒹굴며 장난을 친다.

햇살이 탐스러운 고사리 사이로 내려앉고 열기에 떠밀린 꽃가루는 하늘로 날아오른다. 울새 한 마리가 울음을 울고 나비들이 팔랑팔랑 날아다닌다. 아기 고양이 다섯 마리는 조약돌 하나 나무토막 하나가 신기해 지칠 줄 모르고 사방으로 뛰어다닌다.

12

범죄

아야.

조그만 입으로 젖을 깨물고 빨아 대는 새끼들 때문에 놀라서 잠이 깬다. 젖꼭지는 알알해도 온몸에 안도감이 퍼진다.

새끼들은 여전히 눈을 못 뜬 채 옴지락거린다. 소리를 내서 불러도 아직 반응하지 않는다. 태어난 직후에는 보지도 듣지도 못하고 후각에만 의존해서 모유가 나오는 곳을 찾는 모양이다.

솔직히, 새끼들을 돌볼 일이 막막하기만 하다. 일단은 나를 독점하는 다섯 존재들에 익숙해져야 한다.

나는 핥아 주고 갸르릉 소리를 들려줄 줄밖에 모른다.

치즈색 아가가 형제들을 밀치고 퉁퉁 불은 젖을 독차

지하더니 힘차게 쪽쪽 빨아 댄다. 눈도 못 뜬 녀석이 벌써 경쟁을 하는 모습이 신기하고 놀랍다.

이렇게 지배자의 본성을 타고나는 존재들이 있다.

생존 투쟁의 시작이라고 피타고라스는 설명할 게 분명하다. 지금은 샴고양이 멘토와 거창한 주제를 놓고 토론을 벌일 경황이 없다. 발등의 불부터 꺼야 한다. 딩동, 초인종이 울린다. 나는 지하실에서 얼른 뛰어올라 간다. 토마가 현관에 서 있다. 짜증 나는 인간이 또 웬일이지?

신발 사건 이후로 다시는 볼 일이 없을 줄 알았던 그를 집사가 감격한 목소리로 맞아들인다. 게다가 기분 나쁘게 자꾸 내 이름을 입에 올린다. 급기야 그를 새끼들이 젖을 달라고 빽빽거리는 지하실로 안내한다.

부리나케 달려 내려가 보지만 이미 한발 늦었다. 토마가 쭈그리고 앉아 새끼들을 내려다보고 있다. 저 기분 나쁘고 음흉한 눈빛은 뭐지?

나는 즉시 공격 자세를 취한다. 동공을 최대한 확대한다. 수염을 뺨에 착 붙이고 귀를 납작하게 뒤로 눕히면서 털을 세운 꼬리를 아래로 내린다. 몸의 털을 한껏 부풀리고 등을 동글게 만다. 입을 벌려 이빨을 드러내고 발톱을 꺼내 바닥을 긁기 시작한다.

가까이 오지 마!

내가 당장 달려들 기세로 노려봐도 토마는 도망치거나 맞서 싸울 태세를 갖추지 않고 키득거린다. 나를 손가락으로 가리키면서 자꾸 이름을 부른다.

이 인간이 아직 상대가 누군지 파악을 못 한 모양이군.

나는 결사 항전을 다짐하며 계속 위협을 가한다. 겁을 먹어야 정상인데 토마는 아무렇지도 않다. 도리어 만면에 웃음을 띠며 어깨를 으쓱하더니 주머니에서 레이저 펜을 꺼내 내 앞으로 향하게 한다.

아니야, 이건 안 돼! 빨간 불빛은 안 돼! 어느 누가 이 유혹을 뿌리칠 수 있겠어?

나는 어느새 이쪽저쪽으로 얄밉게 움직이는 빨간 불빛을 잡으려고 기를 쓴다. 토마가 조작하고 있다는 걸 뻔히 알면서도 필사적으로 불빛을 쫓는다. 빛기둥이 꼬리에 앉는 순간 잡으려고 뱅글뱅글 맴을 돈다.

내가 불빛에 정신이 팔린 사이 집사는 새끼 네 마리를 안고 급히 계단을 올라간다. 정신을 차렸을 때는 이미 그녀가 토마와 같이 욕실로 들어가 문을 닫은 뒤다. 나는 손잡이에 닿을 때까지 있는 힘을 다해 문을 뛰어오른다(이 놈의 문은 대체 어떻게 해야 열려!).

문 너머에서 새끼들의 울음소리가 선명하게 들린다.

발톱으로 문을 박박 긁어 봐도 소용이 없다. 작당을 하고 무슨 짓을 벌이는지 세면대에 물 흐르는 소리만 들린다.

잠시 후, 나탈리가 황급히 욕실 밖으로 나오더니 내가 들어가지 못하게 문을 재빨리 다시 닫는다. 그녀가 나를 잡으려고 손을 뻗는다. 하지만 호락호락하게 잡힐 내가 아니다.

나는 죽기 살기로 문을 긁는다. 문 너머에서 무슨 일이 벌어지는지 모르지만 왠지 내가 필사적으로 막아야 할 것 같다. 새끼들의 울음소리가 들린다. 나도 같이 울면서 발톱을 끝까지 꺼내 문이 부서져라 긁어 댄다.

집사가 지하실로 내려가더니 남겨 뒀던 새끼 고양이를 안고 올라온다. 애정을 과시하듯 내 앞에서 치즈색 아가를 쓰다듬는다.

나머지 새끼들은 어떻게 했어?

집사가 나를 보면서 뭐라 뭐라 다정하게 말한다.

어느 순간 문 너머에서 나던 울음소리가 그치고 주위가 조용해진다.

이때 정적을 깨고 들리는 변기 물 내리는 소리. 모르려야 모를 수가 없는 소리.

몸에 오싹 소름이 끼친다.

잠시 후 또다시 들리는 요란한 물소리. 간격을 두고 이어지는 세 번째, 네 번째 물소리.

안 돼! 그럴 리가 없어, 이럴 수는 없어!

한참 만에 토마가 밖으로 나온다. 새끼들은 흔적도 없이 사라졌다.

내 새끼들은 어디 갔어!

저놈이 내 새끼들을 없앴어!

나는 힘껏 뛰어올라 그의 눈을 향해 날카로운 앞발을 뻗는다. 하지만 그가 거칠게 밀어내는 바람에 할퀴기도 전에 벽에 내동댕이쳐진다.

아, 이건 부당해. 인간이란 자들, 우리보다 몸집이 크고, 두 발로 걷고, 마주 보는 엄지손가락이 달린 손이 있어서 생기는 힘을 이렇게 무자비하게 휘두르다니……

다시 달려드는 나를 그가 이번에는 발길질로 막는다. 옆에서 지켜보던 집사가 재빨리 나를 잡아 제지한다. 그녀가 눈을 맞추며 부드러운 목소리로 위로한다. 얼핏 눈가가 젖은 것 같기도 하고 울먹이는 것 같기도 하다. 내가 불쌍해? 그럼 왜 내 편이 돼주지 않아? 그녀가 몸부림치며 저항하는 나를 지하실에 내려다 놓고 가둬 버린다.

배신자.

이제 알았어. 내 새끼들을 죽이려고 토마를 부른 거야. 네 손으로는 도저히 못 하겠으니까.

나는 어둠 속에서 분노를 삼킨다. 집사를 증오할 거야. 무슨 권리로 수컷의 고환을 자르고 암컷의 새끼들을 훔쳐 가? 얼마나 자기들이 우리보다 우월하다고 느끼면 이렇게 함부로 하냐고!

인간들을 증오할 거야.

어떻게 감히 나한테 이럴 수 있어?

복수하는 길밖에 없어. 인간들이 다 죽어 없어졌으면 좋겠어. 전부 다. 전쟁과 테러로 자멸했으면 좋겠어. 아니, 그렇게 오래 기다릴 수 없어, 당장 끝을 봐야겠어.

나는 분노에 떨면서 잼병이든 와인병이든 발에 닿는 대로 깨버리고 천이든 종이든 갈가리 찢어 놓는다.

유아독존인 인간들! 제멋대로 숲을 밀어내고 콘크리트 도시를 세우고 나무를 베서 가구를 만들고 우리 고양이들을…… 일회용 장난감 취급하지!

우리는 인간에게 싫증 나면 버리는 물건과 똑같은 존재란 말인가?

나는 인간종을 혐오한다.

더 이상 그들과 소통하고 싶지 않다. 파괴하고 싶을 뿐이다. 전부 다. 하나도 남김없이. 집사도 예외는 아니다.

나는 냉정을 찾기 위해 숨을 길게 내쉰다.

지하실 물건들을 닥치는 대로 깨부수고 나서 새끼들을 숨겨 두었던 자리로 가서 몸을 웅크리고 앉는다. 아가들의 체취가 아직 공기 중에 남아 있다.

나는 아가들을 그리워하다 까무룩 잠이 든다. 꿈속에서 다시 이집트 여신 바스테트가 돼 있다. 부바스티스 신전. 나는 신발을 신고 두 다리로 서 있다. 아름다운 드레스 위에 GPS 목걸이와 모양이 비슷하지만 훨씬 큼지막한 펜던트를 늘어뜨리고 있다.

수천 명의 인간들이 나를 에워싸고 엎드려 경배하고 있다. 내 이름을 쉴 없이 외쳐 댄다.

〈바-스-테-트! 바-스-테-트!〉

내가 자식을 제물로 바치라고 명령하자 어미들이 자식을 바구니에 담아 앞에 대령한다. 나는 다섯에 하나는 살려 주어 온순하고 순종적인 세대로 키우라고 지시한다. 〈가급적 머리색이 불그스름한 아가들을 살려 주거라.〉

나머지 신생아들은 거대한 변기들 속에 던져진다. 나

는 물을 내려 아가들을 하나씩 내려보낸다.

곁에서 지켜보던 피타고라스가 한마디 던진다.

「너무 가혹한 짓이야, 바스테트.」

「내가 똑같이 갚아 줘야 인간들이 무슨 짓을 저질렀는지 깨달을 거야.」

나는 인간 수컷들을 앞으로 나오게 해서 일렬로 세운 다음 호위병들에게 끌고 가게 한다. 사라졌던 수컷들은 하복부에 붕대를 감고 땅콩 모양의 베이지색 물체 두 개가 떠 있는 유리병을 하나씩 들고 다시 내 앞에 나타난다.

〈이제 마음껏 편히 감상하거라. 원한다면 그것들을 끼워 넣은 목걸이를 만들어 걸고 다니게 해주마.〉 나는 좌중을 향해 호방하게 말한다.

그러고 나서 호위병들에게 레이저 불빛으로 토마를 흥분시키라고 명령한다. 아무리 발버둥을 쳐도 그는 형벌에서 벗어날 수 없다. 토마가 불빛을 잡으려다 팔뚝을 꽉 깨물어 피가 나는 순간, 나는 발을 구르며 자지러지게 웃는다.

마침내 나는 집사인 나탈리를 데려오라고 명령한다. 그녀가 내 발밑에 꿇어앉아 머리를 조아린다.

「잘못했어, 바스테트. 내가 생각이 짧았어.」

164

그녀가 야옹거리며 말한다.

「후회해도 소용없어.」

「선처해 줘, 제발, 부탁이야, 바스테트!」

「예전 같으면 봐줬을 거야, 어쨌든 당신은 열성적인 집사였으니까. 하지만 당신은 도저히 용서받을 수 없는 짓을 저질렀어.」

나는 호위병들에게 아무리 높이 뛰어도 문손잡이가 닿지 않는 방에 그녀를 감금하라고 명령한다. 죽을힘을 다해 점프를 하고 피가 나게 손톱으로 문을 긁어도 그녀는 절대 밖으로 나오지 못할 것이다.

피타고라스가 내 팔을 툭 치며 말린다.

「너무 잔인한 거 아니야? 우리한테 고통을 준 건 인간들이 무지해서야.」

나는 그를 똑바로 쳐다보면서 비장하게 대답한다.

「예외는 없어. 모든 인간들이 내 새끼들을 죽인 죗값을 치르게 될 거야. 다시는 그런 잔인한 짓은 꿈도 꾸지 못하게 할 거야.」

나는 지하실 문이 삐걱하는 소리에 잠이 깬다. 실루엣하나가 계단에 역광을 받으며 서 있다. 나는 직립 자세로서 있는 미확인 존재를 향해 발톱을 세우고 뛰어오를 준비를 하며 몸을 웅크린다.

나탈리다. 그녀가 치즈색 새끼 고양이를 품에 안고 있다. 〈안젤로, 안젤로〉 하면서 쓰다듬는 걸 보니 아기 이름을 안젤로라고 지은 모양이다.

배가 고픈지 녀석이 낑낑거린다.

그 소리를 듣는 순간 몸에 힘이 쫙 빠진다.

나는 이러지도 저러지도 못하고 집사가 계단을 내려오는 모습을 바라본다.

그녀가 주먹만 한 불그스름한 털 뭉치를 내 배에 올려놓고 돌아서 나간다. 굶주린 아가의 입이 오므라졌다 벌어졌다 하면서 힘차게 젖을 빨아 대자 안도감이 밀려온다.

나는 옆으로 누워 편안히 젖을 물린다.

복수는 훗날을 기약하자.

안젤로가 젖과 함께 내 분노까지 빨아들인다.

이게 내 삶의 조건이야. 내 집사도, 사는 집도, 내 이름도, 내 수컷도, 살릴 새끼도 내가 선택한 게 아니야.

나는 실컷 먹어 배가 똥똥해진 안젤로를 조심스럽게 몸에서 떼어 옆에 눕혀 놓고 아직 닫히지 않은 지하실 문을 통해 1층으로 올라간다.

소리가 나는 주방으로 들어가 보니 집사 혼자 식사를 하고 있다. 토마의 모습은 보이지 않는다. 문이 열려 있는 욕실로 들어서는 순간, 가슴이 먹먹해진다. 나는 변기에 앞발을 얹고 엎드려 속을 들여다본다. 〈아가들〉 맛이 남아 있는지 확인하고 싶어 고여 있는 물을 몇 모금 마신다. 그러고 나서는 두루마리 화장지를 바닥에 둘둘 풀어 찢기 시작한다(이럴 때마다 집사는 짜증이 나서 죽지). 다음은 소파 차례. 방울 술을 남김없이 뜯어 버리고 나서 벨벳 천을 발톱으로 찢어 부드럽고 하얀 속을 뭉텅뭉텅 잡아 빼놓는다. 집사를 벌줄 방법이 더 없을까?

나는 꽃병을 넘어뜨려 산산조각 낸 뒤 현관 앞 필로덴드론 화분에 분노를 쏟아 낸다. 집사, 잘 봐, 네가 아끼는 화초가 어떻게 되는지! 나는 잎을 잘근잘근 씹어 바닥에 뱉어 놓는다. 집사의 책상 위 컴퓨터 앞에 놓인 마우스, 그리고 오디오 전선줄……. 정신없이 씹다 보니 이빨에 찌릿 전기가 통한다. 여전히 분이 풀리지 않아 집사의 침대 위에 있는 쿠션에 오줌을 흥건히 싸놓는다.

개가 뒷발질하는 시늉을 하면서 화장실 모래를 똥과 함께 밖에 흩어 놓고 끈적끈적한 헤어볼을 집사의 핸드백 속에 토해 놓으며 마무리한다.

나는 기진맥진해 안젤로 옆에 돌아와 다시 젖을 물린
다. 새끼를 키우는 어미와 복수를 다짐한 여전사의 역할
을 함께 해내기가 녹록지 않다! 녀석, 아무리 먹어도 배
가 차지 않는 모양이야. 형제들은 사라지건 말건 개의치
않는 모양이야.

「실컷 먹으렴, 안젤로. 너는 아무 잘못이 없어.」

나는 오른쪽 앞발을 아가의 가슴에 올린다. 심장의 고
동이 발끝에 전해 온다. 생명.

우리 모두는 세상에 퍼지는 생명이 통과해 지나가는
매개체인지도 모른다.

13

욕망이 없으면 고통도 없다

나는 새끼들을 잃고 속절없이 시간만 보내고 있다. 집
사가 아낄 만한 물건을 골라 하루에 하나씩 깨고 부수는
것밖엔 달리 할 일이 없다. 유리가 날카로운 소리와 함께
깨지는 순간 희열을 느낀다. 쿠션을 발톱과 이빨로 물어
뜯어 흰 솜이 솟구쳐 나오는 순간 몸이 짜릿하다. 커튼 가
장자리에 너덜너덜 수술이 달리면 더 예쁘겠지? 집사가
아끼는 원피스와 코트에 구멍을 숭숭 뚫어 맞춤옷을 만
들어 주자. 빨래 바구니에 든 스타킹은 올을 낱낱이 풀어
서 굵게 몇 타래 엮어 놓자. 물크러진 과일처럼 이빨이 쑥
들어가 박힐 거야. 어디, 멀쩡한 화초가 더 없나? 식물한
테도 의식이 있다면 그 원망을 어떻게 다 감당하지?

나의 조직적인 파괴 공작에도 집사는 전혀 심적 동요를

보이지 않는다(내 속을 긁어 놓으려고 작정을 했나⋯⋯). 오히려 모든 면에서 나를 세심하게 배려한다. 음식도 더 많이 주고, 다정하게 말을 걸면서 더 많이 쓰다듬어 주고, 방방마다 문도 활짝 열어 놓는다.

안젤로한테도 수시로 뽀뽀를 하고 쓰다듬어 준다. 집사가 목 밑을 살살 긁어 주면 녀석은 벌써 갸르릉거리며 좋아한다.

태어난 지 7일째 되는 날 눈을 뜨고 세상을 본 순간부터 안젤로는 확 달라졌다. 막 잇몸을 뚫고 나온 젖니로 젖을 깨물어 대는가 하면 쉴 새 없이 사부작거리며 발길질을 해댄다.

여러분, 새끼가 제 어미를 이렇게 함부로 대해도 되나요?

나만 때리는 게 아니에요! 불쌍한 아비 얼굴도 얼마나 세게 할퀴어 놨는지! 나이 지긋한 수컷이 어린 세대에게 사냥과 연장자에 대한 존중을 가르쳐야 한다고 믿는 내 눈에 안젤로는 아무리 봐도 싹이 노란 것 같은데, 어쩐다.

게을러빠진 뚱냥이 펠릭스는 아비로서의 책임은 뒷전이고 오로지 먹고 자기만 한다. 게다가 나탈리한테 〈캣닙〉을 한번 얻어먹더니 아주 환장을 한다. 마약이야말로 펠릭스 같은 단순한 영혼을 통제하는 가장 빠른 방법이 겠지. 그는 캣닙을 한 움큼 입에 넣고 코를 벌름거리고 고개를 흔들면서 씹어 먹다가 바닥에 등을 비비면서 엑스터시를 흉내 낸다. 이런 녀석한테 아비의 책임 운운하는 건 애당초 무리일 것이다. 나한테도 펠릭스가 고양이풀을 권하지만, 수유 기간에 환각제가 좋지 않다는 판단쯤이야 머리가 있는 어미라면 누구나 할 수 있지.

나는 얼른 몸을 회복해 피타고라스를 다시 만나기만을 손꼽아 기다린다.

길에서 인간의 목소리가 크게 나더니 폭발음이 들린다. 나는 젖을 먹이다가 어미로서의 책임감과 호기심 사이에서 잠시 갈등한다. 에라, 모르겠다. 나는 하나뿐인 자식을 몸에서 떼어 나의 냄새가 배어 있는 쿠션에 조심스럽게 올려놓고 2층으로 쏜살같이 달려 올라간다.

발코니에서 내려다보니 인간들이 거리에 서서 꽥꽥 소리를 지르고 있다. 한 인간이 무기를 들고 다른 인간을 위협한다. 둘이 속사포처럼 말을 쏟아 낸다. 잠시 후, 두 발의 총성과 함께 한 인간이 바닥에 쓰러지자 다른 인간이 뛰어 달아난다.

나탈리가 TV에서 눈을 떼지 못하듯 나도 인간들이 연출하는 광기의 장면에 매료된다.

쓰러진 인간한테서 흘러나온 피가 바닥에 흥건히 고였다 넓게 퍼진다. 몸에 저렇게 많은 양의 액체가 들어 있다는 게 믿기지 않는다.

인간들이 가지각색의 소리를 내면서 우르르 뛰어온다. 작은 트럭이 쓰러져 있던 인간을 싣고 떠나자 사람들은 다시 흩어진다.

이상한 일이야. 인간의 죽음을 목격하고도 아무렇지 않다니. 처음 있는 일이야. 예전에는 쓰러지고 고통스러워하는 인간을 보면 가슴이 저릿하고 마음이 불편하고 욱하는 기분이 들었는데.

내가 무감각해진 걸까?

새끼들을 잃은 충격을 소화하려면 시간이 필요하겠지. 결국은 나도 나탈리처럼 인간들의 폭력을 숙명으로 받아들이고 익숙해져 갈 거야.

깊은 상념에 잠겼다 고개를 돌리는 순간, 나처럼 발코니에 앉아 아래를 내려다보고 있는 피타고라스가 눈에 들어온다.

나와 눈이 마주치는 순간 그가 두 집 사이를 사뿐히 건너뛰어 우리 집 발코니 난간에 우아하게 착지한다.

나는 그와 반갑게 코를 맞비빈다. 피타고라스가 제3의 눈이 붙은 정수리를 내 목 밑 오목한 곳에 쓱 문지르는 순간, 나는 구름 위를 걷는 듯 황홀하다.

「소식은 익히 알고 있었어. 너희 집사가 우리 집사한테 얘기하는 걸 들었거든. 새끼 넷을 물에 빠트려 죽였다면서. 상심이 클 너를 괜히 찾아와서 귀찮게 하고 싶지 않았어. 애도의 시간이 필요했을 테니까.」

「복수할 거야.」

「쓸데없는 소리. 방금 네 눈으로 봤잖아. 가만히 내버려 둬도 인간들은 자멸하게 돼 있어. 이제 상황이 테러 수준을 넘어 내전으로 치닫고 있어. 뭐 하러 에너지를 낭비해 가면서 그들과 맞서? 안젤로한테 급변하는 세계에 적응할 수 있는 능력을 전수해 주는 게 지금 네가 할 일이야.」

나는 피타고라스에게 지붕으로 올라가 얘기를 계속하자고 한다.

우리는 굴뚝에 몸을 단단히 기대고 따끈따끈한 슬레이트 지붕에 앉는다.

「어젯밤에 집사가 TV에서 〈캣우먼〉이라는 영화를 봐서 같이 보다가 네 생각이 났어. 고양이처럼 행동하는 현대 여성이 주인공인데, 우리 시대에 바스테트가 있다면 그런 모습이 아닐까 상상했어.」

「〈영화〉가 뭔데?」

「스크린을 통해 보여 주는 이야기야. 실제로 일어나는 게 아니라 시나리오 작가의 상상이 만들어 낸 허구지.」

「그래, 그 영화 속 〈캣우먼〉은 어떤 사람이야?」

「그녀는 인간들과 싸워 번번이 통쾌한 승리를 거둬.」

나는 고개를 흔들어 댄다. 찌릿한 전율이 전신에 퍼진다.

「어딜 가도 싸움뿐이야. 끝이 없어. 세상이 왜 이렇게 폭력적이야?」

「폭력이 없으면 삶이 지루해질지도 몰라. 비슷비슷한 날들이 계속될 테니까. 생각해 봐, 매일 화창한 날씨가 계속된다고 좋기만 할까? 폭력은 천둥이나 번개와 흡사한 구석이 있어. 응축된 에너지가 폭발을 일으키는 거니까. 전기가 완전히 방전되면 먹구름이 빗방울로 변하고, 이 빗방울이 다 떨어지고 나면 비가 멈추고 다시 맑은 날씨가 되지. 폭력은 어디에나 존재해. 식물끼리도 싸우는걸. 담쟁이덩굴이 나무를 타고 올라가서 숨을 못 쉬게 만들잖아. 잎들도 서로 햇빛을 받으려고 경쟁을 벌이고 자리다툼을 하지.」

174

나는 유치원 앞에서 어린 인간들을 죽인 검은 옷 사내를, 집사가 눈을 떼지 못하는 TV 속 이미지들을, 고양이를 산 채로 방패에 매달았다는 캄비세스 2세의 이야기를 떠올린다……. 이 모든 게 그저 천둥과 번개에 불과하다고?

「모든 폭력은 포식자와 피식자 사이에서 나타나는 뿌리 깊은 반사적 본능으로 설명할 수 있어. 처음에는 파괴가 우리를 지켜 주고 생존을 보장해 줬지. 세상에는 늘 강자와 약자, 지배자와 피지배자가 존재했어. 그런데 그 존재 이유가 사라진 지금, 폭력은 억눌린 본능의 분출에 다름 아니야. 오줌을 누면 〈시원한〉 느낌이 드는 것과 똑같지.」

「유치해!」

「네가 귀를 긁는 것도 벼룩한테 일종의 폭력을 행사하는 일이라고 생각해 본 적 없어? 네가 누군지도 모르는 순진한 벌레한테?」

「벼룩한테 무슨 폭력 운운이야! 그렇게 쪼그만 벌레한테…….」

「크기가 무슨 상관이야? 살아 있는 것은 모두 의식을 가졌다고 넌 생각하지 않아?」

「그건 그렇지.」

「그런데 벼룩한테는 왜 의식이 없다는 거야?」

175

「내 새끼들의 죽음과 서로 죽고 죽이는 인간들의 죽음, 그리고 벼룩의 죽음을 같게 볼 순 없어!」

「왜? 바스테트, 우리가 사는 지구 역시 하나의 살아 있는 유기체일 수 있어. 지구의 입장에서는 고양이나 인간이나 똑같이 자기한테 붙어서 몸을 간지럽히는 기생충으로 보일 수 있어. 이 기생충들을 털어 내려고 한바탕씩 지진을 일으키는지도 모른다고.」

「지구는 동물이 아니야.」

「나는 분명히 지구도 어떤 형태로든 의식을 가지고 있다고 믿어. 몸이 따뜻하고, 숨을 쉬고, 살아 있으니까. 대기가 있고 털처럼 식물로 덮여 있고…….」

「그렇게 비교할 순 없지.」

「우리는 저마다 종 고유의 감각에 기반을 둔 인식 체계를 갖고 있어. 고양이는 고양이의 관점으로 타자를 보는 거야. 그러니 우리한테는 당연히 고양이의 삶이 신성한 거지.」

「그렇지만 벼룩은…… 벼룩도 스스로 신성하다고 여긴다는 거야?」

「지구한테는 자신의 생존이 가장 중요하고 절박할 거라는 얘기야.」

〈가시〉 세계로 한정된 지식을 가진 나는 한 번도 이런 깊은 생각을 해본 적이 없다. 눈에 보이지 않는 벼룩이나 지구는 당연히 내 관심 밖이었다.

피타고라스는 나와 차원이 다른 생각을 한다는 사실을 새삼 느끼게 된다.

나도 모르게 근질거리는 턱 밑에 손이 간다. 박박 긁으면서 벼룩을 털어 내다 보니 문득 최근에 겪은 일들을 상대적으로 바라봐야겠다는 생각이 든다.

「정말 우리가 개입하지 않아도 인간이 전쟁을 통해 절멸에 이를까?」

「인간들은 독가스, 살인 바이러스, 원폭 방사능 같은 새로운 파괴 도구를 개발했어. 그들을 광신도로 만들어 죽음도 불사하게 하는 〈세뇌〉 장치는 말할 것도 없지. 광신주의야말로 가장 효과적인 대량 살상 무기인지도 몰라.」

「〈세뇌〉라 그랬어? 뇌를 진짜 씻는단 말이야?」

「그런 뜻이 아니라 인간들이 쓰는 표현이야. 상대방한테 거짓된 것을 반복적으로 들려줘서 결국에는 옳다고 믿게 만든다는 거지.

〈거짓에 익숙해지면 진실이 의심스럽게 보인다〉는 표현이 이런 세뇌 과정을 잘 요약한 말일 거야.

인간들은 지금 부화뇌동하는 순진한 인간들에게 살인을 부추기고 있어. 동족을 죽이면 사후 비가시 세계에서 막대한 보상을 받게 될 거라고 말하지.」

「그게 통해?」

「그래, 세상이 통째로 뒤흔들릴 만큼. 그런 선동을 하는 자들이 틀렸다는 걸 입증한 사람이 아직 아무도 없어. 그러니까 계속 종교인들이 천국에 가고 싶으면 살인을 저지르라고 젊은이들을 꼬드길 수 있는 거야.」

「그러다 인간이 멸종할 수도 있다는 거지?」

「그건 두고 봐야지. 인간들은 과소평가하면 안 되는 존재야. 어떤 상황에서도 살아남을 수 있는 능력을 가졌거든. 인류의 역사에 위기가 닥칠 때마다 늘 지혜로운 개인들이 등장해서 사회를 구원했어.」

나는 생각이 복잡해져 발톱이 아픈 줄도 모르고 슬레이트를 긁어 댄다.

피타고라스가 깊은 한숨을 내쉰다.

나는 그의 눈을 똑바로 쳐다본다. 갈수록 매력적이란 말이야.

「자, 지금부터 네 번째 역사 강의를 들려줄게. 어디까지 했더라?」

나는 귀를 쫑긋 세운다.

「지난번 강의에서 네가 무역을 하는 인간들 덕분에 우리 조상들이 넓은 땅에 퍼져 살게 됐다고 얘기해 줬어.」

나는 자신감에 찬 목소리로 대답한다.

「맞아. 이번에는 군인들이 우리 조상들을 세계 곳곳에 퍼뜨린 얘기를 해줄게. 기원전 330년에 거대한 이집트 왕국과 조그만 유대 왕국을 침략한 그리스 군대는 곡식과 재산, 새끼를 낳을 수 있는 인간 암컷들과 이집트인들이 키우던 고양이들을 빼앗았어. 그때까지만 해도 그리스인들은 흰족제비와 흰담비를 키워서 곳간과 집을 지키게 했었지. 그런데 족제비와 담비는 사나워서 길들이기도 어렵고 몸에서 아주 고약한 냄새가 났어.」

「어쩌면 다른 동물들은 그렇게 위생 관념이 없을까.」

「정복자였던 그리스인들은 사냥을 하고 전쟁터에 데리고 나가기 위해 개를 사육하고 있었어. 그런데 이집트 침공 이후 고양이를 기르기 시작했지. 암컷을 유혹할 때 고양이를 선물로 줬대.」

「당연한 거 아니야?」

「그리스의 유명 시인인 아리스토파네스에 따르면 그리스 수도인 아테네에 고양이를 거래하는 시장이 있었

179

대. 가격도 아주 비쌌다고 해. 이집트인들의 바스테트 여신 숭배에 영향을 받아서 그리스 여신 아르테미스는 〈고양이 여신〉으로 거듭나게 됐어.」

「결국 그리스인들도 우리를 숭배의 대상으로 여기게 된 거네…….」

「시간이 흘러 그리스인들은 서쪽에 살던 로마인들 ─ 이들 역시 정복욕에 불타는 민족이었지 ─ 의 침공을 받게 됐어. 로마인들은 그리스의 문화와 기술, 신들은 물론…… 고양이들까지 받아들였지. 그렇게 그리스의 아르테미스 여신은 다시 로마의 디아나 여신이 되지. 디아나 여신 역시 고양이 여신이었어. 로마인들도 암컷을 유혹하려고 꽃이나 달콤한 사탕처럼 고양이를 선물했대.」

「그들이 우리를 좋아하긴 했어?」

「그건 중요하지 않아. 우리가 그때부터 로마인들의 가정에서 살게 됐다는 게 중요하지. 개들은 밖에서 잠을 잤지만 우리 선조들은 불 옆에서 따뜻하게 잠을 잤어.」

「우리를 좋아한 게 맞네.」

「우리 선조들의 번식력이 좋아서 고양이 숫자가 급속히 늘어났어. 그래서 처음에는 부유한 로마인들만 키우던 고양이를 누구나 한 마리씩 갖게 됐지. 심지어는 로마 군단의 병사들도 전장에 나갈 때 키우던 고양이를 데려 갔어.」

「방패에 매달려고 데려간 건 아니었길 바라.」

「임시 야영지에서 생활하는 군인들한테 고양이는 큰 위안이 됐어. 그렇게 로마 제국이 팽창하는 가운데 고양 이들도 점점 넓은 지역에 퍼져 살게 됐지.」

「유대 상인들 때문이 아니고?」

「상인들은 항구 도시와 연안 지역까지만 갔지만 로마 군인들은 산을 넘고 강을 건너 내륙 깊숙이까지 정복했 어. 그때까지만 해도 고양이가 뭔지도 모르던 내륙 오지 의 주민들이 난생처음 고양이를 보게 된 거야.」

「동시에 로마 병사들에게 약탈을 당하고 죽임을 당했 겠지?」

「네가 슬슬 인간 논리에 내재된 역설을 이해하기 시작 했구나. 어쨌든 고양이는 로마인들에 의해 그들의 세련 된 문명을 상징하는 동물로 소개됐어. 고양이 머리를 문 장으로 채택한 로마 군단들까지 있었어. 그런데 당시 갈 리아라 불렸던 지금의 프랑스까지 로마 군대를 이끌고 온 사령관은 고양이를 극도로 싫어했어. 율리우스 카이 사르라는 이 장군은 소위 〈고양이 공포증〉을 앓아서 우리를 보기만 해도 패닉에 빠져 발작을 일으켰어.」

「그런 대규모 군대를 단 한 명이 지휘했단 말이야?」

「인간은 원래가 군집 동물이야. 당시 로마인들은 모두가 한마음처럼 율리우스 카이사르를 추종했어. 로마 제국이 세력을 확장하면서 고양이도 유럽 전역으로 퍼져나갔고 우리를 처음 접한 민족들은 이내 우리를 숭배하게 됐어.」

「바스테트를? 아니면 아르테미스? 디아나를?」

「고양이 여신은 지역에 따라 다른 이름으로 불렸어. 갈리아 지방만 해도 켈트족과 서고트족, 아르베르니족이 저마다 독특한 고양이 숭배 전통을 가졌지. 로마 제국은 313년에 인간의 얼굴을 한 유일신을 섬기는 기독교로 개종했어. 그러다 새 황제로 등극한 테오도시우스 1세가 391년에 고양이 숭배를 공식적으로 금지하는 바람에 우리 선조들은 사악한 동물로 취급받게 됐지.」

「〈사악한〉 동물이라니?」

「사악하다는 건 악의 기운이 서렸다는 뜻이야. 이렇게 되자 인간들이 우리를 아무 이유 없이 죽여도 벌을 받지 않았어. 그뿐인 줄 알아? 고양이를 해로운 동물로 인식한 로마 시민들에게 우리를 바퀴벌레나 쥐, 뱀처럼 잡아 죽이는 일은 일상의 의무가 됐어.」

「테오도시우스 1세라는 자가 한 짓이 딱 캄비세스 2세 같았네…….」

「하지만 수확한 곡식을 지키기 위해 우리가 필요했던 농민들은 달랐어. 유대 상인들도 여전히 우리를 배에 태우고 카라반에 싣고 세계 곳곳을 누볐지.」

나는 피타고라스 옆으로 바싹 당겨 앉아 그의 체취를 맡는다.

「그 많은 걸 넌 어떻게 다 알아? 어떻게 인간들을 그렇게 잘 이해해?」

「때가 되면 제3의 눈의 비밀을 너한테 알려 줄게.」

「언제?」

「네가 준비됐다는 판단이 들면. 일단은 내가 가진 정보를 다른 고양이들에게 전하는 게 급선무야. 내가 죽으면 나한테 배운 지식을 네가 다른 고양이들한테 가르쳐야 해.」

나는 그의 목에 다정하게 코를 비빈다. 귀를 뒤로 눕혀 복종 자세를 취했다 몸을 돌리면서 꼬리를 빳빳이 치켜세운다.

「네 자식을 낳아서 잃은 자식들의 빈자리를 채울 수 있게 해줘.」

조마조마한 마음으로 빤히 쳐다보지만 그는 묵묵부답이다.

「내가 싫어?」

콧대 높은 바스테트는 어디로 간 거야?

「난 지식 습득에 평생을 바치기로 마음먹었어. 식욕이나 성욕 따위의 원초적인 욕구에는 초연해지기로 했어.」

「그게 너의 〈비밀〉과 어떤 관련이 있어? 그런 거야?」

「난 〈욕망이 없으면 고통도 없다〉는 삶의 원칙을 세웠어.」

「나랑 사랑을 나누고 나면 고통스러워질까 봐 두려워?」

「엄청난 쾌락을 느껴 너에게 구속될까 봐 두려운 거야. 나는 자유롭고 해탈한 존재로서 만족을 느끼거든. 어느누구도 세상 그 어떤 것도 내게 절대적인 의미가 될 수 없어. 이게 내 자긍심의 원천이야.」

이 말을 듣는 순간 그가 달리 보인다. 어딘가 좀 이상해. 정수리에 달린 저 연보라색 덮개 때문인가. 덮개 밑에있는 구멍이 뇌 속까지 뚫려 있다는데, 그것 때문에 정신이 이상해졌는지도 몰라. 정신이 돌아서 그동안 나한테온갖 소리를 지어냈을 수도 있어. 난 순진하게도 그런 헛소리에 빠져들었고.

그런데, 인간과 고양이, 이 두 종의 만남에 대한 그의 얘기는 아주 그럴듯하고 개연성이 있었어. 그가 전부 지어냈다고 해도 탄탄한 논리와 정교한 구조를 갖춘 얘기라는 것은 인정하지 않을 수 없어.

그래도 여전히 남는 의문 한 가지. 나와의 사랑을 저토록 거부하는 이유가 뭘까?

멀쩡한 수컷이라면 내 뒤태를 보고 유혹을 뿌리치기 힘들 텐데. 나처럼 윤기 있고 풍성한 털을 가진 젊고 매력적인 암고양이가, 듬성듬성하고 짧은 털을 가진 늙은 샴고양이한테 연애를 걸어 주면 고마운 줄 알아야지 말이야. 나를 보면 육체적 욕망이 일지 않을 수가 없는데, 이상하단 말이야.

「날 가지라고, 당장!」

나는 그에게 절규하듯 소리친다.

그는 여전히 꿈쩍을 하지 않는다.

「네 땅콩도 인간들이 수확해서 유리병에 넣어 놨구나, 그래서 날 안을 수가 없구나, 그렇지?」

그가 무표정한 얼굴로 등을 대고 바닥에 드러눕는다. 멀쩡히 붙어 있네.

「도대체 왜 싫다는 거야?」

「〈욕망이 없으면 고통도 없다.〉」

같은 말만 되풀이하는 그의 면상을 한 대 갈겨 주고 싶다.

「넌 지금 얼마나 귀중한 걸 놓치는지 모르고 있어.」

나는 눈을 아래로 깔고 씩씩거리면서 응수한다.

「아니, 알아. 너무 잘 알아서 거절하는 거야.」

그는 알쏭달쏭한 대답으로 일관한다.

아, 몸이 이렇게 원하는데, 이 욕구를 어떻게 해소한다? 지붕에 올라가서 빗물받이를 어슬렁거리는 수컷을 아무나 붙잡고 몸을 확 섞어 버릴까?

출산 후로 나는 어미이기 이전에 암컷이라는 사실을 더 간절히 확인받고 싶어졌다.

나는 착잡한 마음으로 바구니에 누워 잠을 청한다.

14

인간 혐오

한창 관능적인 꿈을 꾸는 중에 안젤로가 산통을 깬다.

아휴, 여간 짜증스러운 녀석이 아니야. 자는 동안 젖을 실컷 빨아 배가 부른지 내 수염(난 누가 수염을 건드리는 게 질색이란 말이야!)을 잡고 비틀고 깨물면서 장난을 친다.

어미를 고양이 발톱만큼도 존중하질 않으니, 원.

나는 녀석과의 거리가 적당하다 싶은 순간 잽싸게 (물론 발톱은 세우지 않고) 솜방망이를 휘두른다. 녀석이 놀라 뒤로 나자빠진다. 그래, 이런 게 내가 생각하는 현대식 교육이야. 젊은 세대가 자신을 낳아 준 연장자를 존중하지 않는 사회는 가망이 없지.

금세 다시 다가와 치근대는 녀석을 향해 나는 또 한 방

힘껏 날린다.

모든 게 소통의 문제일 수도 있어. 자신을 이해시키기 위해 같은 메시지를 반복해서 전달할 필요도 있는 거야. 내가 배 아파 낳은 자식도, 인간 집사도, 같이 자식을 낳은 수컷도 어쩌면 이렇게 소통이 안 될까. 유일하게 소통이 되는 대상이…… 이웃집의 거만한 샴고양이인데…… 날 얼마나 우습게 여기는지…….

집 앞 도로에서 시끄러운 소리가 들려온다. 구경거리가 생겼나. 나는 2층 발코니 구석의 전망대로 가서 밑을 내려다본다. 오늘은 여러 인간이 한 인간을 뒤쫓고 있다. 그들이 달아나는 인간을 붙잡아 두들겨 패기 시작한다. 사람 숫자만 많아졌지 어제와 비슷한 장면이다. 손에 칼을 든 사내 셋이 구호를 선창하자 주변에서 일제히 따라 외친다.

잠시 후, 어제처럼 진한 청색 제복을 입은 인간들이 나타나 바닥에 쓰러져 있는 사내를 지킨다. 제각각으로 옷을 입은 인간들이 벌 떼같이 나타나 칼을 든 인간들을 호위한다. 인간들이 막대와 칼을 휘두르며 맞붙어 싸운다. 어제처럼 탄환이 날아다니고 매운 연기가 퍼진다.

나는 캑캑거리면서도 자리를 뜨지 않는다. 끝까지 지

커볼 심산이다.

칼을 든 세 사내 중 하나가 품에서 총을 꺼낸다. 총성과 함께 청색 유니폼 하나가 바닥에 쓰러진다.

나는 목을 길게 빼고 상황을 예의 주시한다.

청색 제복을 입은 지원 인력이 현장에 도착한다. 상대 진영도 어느새 엄청나게 불어 있다. 난데없이 세 번째 무리가 나타나 총을 쏘기 시작한다. 거리는 비명 소리와 폭발음이 뒤섞여 아수라장으로 변한다.

인간들은 내가 난생처음 보는 크고 위협적인 무기들을 들고 싸우고 있다. 한 사내가 배 모양으로 생긴 물체가 달린 기다란 파이프를 흔들어 댄다. 포격을 당한 집이 거대한 먼지구름을 일으키면서 주저앉는다.

반대 진영이 즉각 반격에 나선다. 지붕에 탑이 솟아 있는 작은 트럭이 인간들이 숨어 있는 자동차들을 향해 포격을 가한다.

녹색 제복을 입은 전투병들이 청색 제복을 입은 인간들을 지원하기 위해 당도한다. 이런 게 전쟁의 시초라고 피타고라스가 말했는데, 이제 전쟁이 시작된 건가.

달음박질 소리, 비명 소리, 총소리. 인근의 거리들에서도 총성이 들리기 시작한다.

담장 뒤에 숨은 인간들, 지붕 위에서 아래로 총을 쏘는 인간들, 펑 하고 불이 붙는 순간 자동차와 함께 불길 속으로 사라지는 인간들. 타는 냄새가 공기 중을 뒤덮는다.

갑자기 천둥이 때리듯 소동이 멎는다. 몸을 움직일 수 있는 인간들은 달아나고 나머지는 건물 잔해와 뒤엉켜 누워 있다. 그리고 찾아온 정적.

어쩐 일인지 나탈리의 귀가가 늦어지고 있다.

나는 초조한 마음으로 거리를 내려다본다. 한 인간이 피를 흘리며 바닥을 기어가자 못지않게 중상을 입은 다른 인간이 팔꿈치를 움직여 몸을 질질 끌면서 그에게 다가간다. 그들이 뒤엉켜 뒹굴고 물어뜯으면서 드잡이를 펼친다.

눈을 떼려야 뗄 수 없는 초현실적인 광경. 과연 인간들이 다시 사랑하게 되는 날이 올까? 저들이 호전적 기질을 잠재우고 차분해지게 내가 갸르릉 소리를 들려줘야겠어.

옛날에 바스테트 여신도 그랬을 거야. 인간들의 고뇌와 어쩔 수 없는 자기 제한의 필요를 알게 된 여신은 진동을 발산해 잠이 들게 만들었을 거야. 그런 여신을 위해 인간들은 감사의 마음으로 신전을 지었겠지.

파동. 그래, 사랑의 파동, 그런 게 틀림없이 있을 거야. 갸르릉 소리와 함께 내보내면 주변의 긴장을 단박에 완화해 주는 그런 파동 말이야.

이제나저제나 기다리던 집사가 드디어 현관에 모습을 나타낸다.

그녀가 양손 가득 든 식료품 봉지를 문 앞 복도에 내려놓는다. 잔뜩 긴장해 있다. 머리칼은 헝클어져 이마에 찰싹 달라붙었고 눈꺼풀은 빠른 속도로 내려왔다 들렸다 하고 옷은 군데군데 찢겨 있다.

그녀가 숨을 헐떡이며 쓰러지듯 의자에 몸을 기댄다. 양 볼에 눈물방울이 길을 낸다.

혼란스럽게 진동하는 그녀의 의식이 감지된다.

내가 무릎에 올라앉아 갸르릉거리자 그녀의 입가에 금세 웃음기가 번진다. 고양이한테는 이렇게 나쁜 파동을 빨아들여 좋은 파동으로 바꿔 내보내는 능력이 있다고! 개는 나 몰라라 하는 상황에서 고양이는 자리를 지키면서 빨아들이고 깨끗하게 만드는 역할을 자처하지. 이름하여 고양이의 〈진동 청소〉 능력…….

그녀가 머뭇거리다 손을 뻗어 나를 쓰다듬는다. 덜덜덜 떨리는 그녀의 손바닥에서 생생한 공포가 감지된다.

갑자기 그녀가 전화기를 집어 들더니 떨리는 목소리로 수화기 저편을 향해 말을 쏟아 낸다. 〈소피〉라는 이름이 반복해서 등장하는 걸로 보아 이웃집 여자와 통화하는 게 분명하다.

잠시 후, 우리는 피타고라스의 집으로 거처를 옮긴다.

위기 상황에서 두 인간 암컷 집사가 비축한 식량과 고양이를 합치기로 한 모양이다.

평소 습관을 바꿔야 하는 게 달갑지는 않지만 예외적인 상황인 만큼 적응하는 수밖에 없다.

펠릭스도 구시렁대지 않고 변화를 받아들이고 안젤로는 당연히 장난칠 거리가 많은 새집을 천방지축 휘젓고 다닌다.

안젤로는 카펫 수술을 물어뜯고, 전선을 씹어 끊어 버리고, 커튼을 기어 올라간다.

두 인간 암컷은 현관문을 이중 삼중으로 잠그고 나서 창문과 외부로 통하는 출입구를 모두 널빤지로 막고 그 위에 여러 번 못질을 한다. 심지어 고양이 출입구까지 막아 버린다.

이제 1층에서는 밖을 내다볼 수 없지만 2층 침실에 붙은 발코니로 나가면 여전히 아래가 내려다보인다. 두 집사는 가구를 울타리처럼 쌓아 발코니에 보호 장벽을 만든다.

일을 마친 집사들이 담배를 피우고 독주를 마시면서 우리 집보다 세 배는 크고 소리도 꽝꽝 울리는 화면으로 TV를 보기 시작한다. 비슷비슷한 뉴스 장면들이 반복된다.

피타고라스가 조용히 다가와 내 옆에 자리를 잡는다.

「우리 집사들도 저런 파괴적 충동에 감염될까?」

나는 불안한 마음을 쫓으며 묻는다.

「우리 집사들은 평균적인 인간들보다 훨씬 똑똑하고 교육도 더 받은 사람들이야. 우리를 이렇게 집 안에서 보호하고 있다는 게 그 증거지. 물론 부상을 당하면 우리를 갸르릉테라피에 유용하게 쓸 수 있다는 걸 소피가 알아서이기도 하지만.」

「갸르릉 뭐?」

「갸르릉테라피. 우리가 갸르릉 소리를 낼 때 나오는 저음의 파동을 골절 치료에 활용하는 방법을 연구하는 새로운 과학이야.」

바깥에서는 폭발음 대신 구르릉구르릉 하는 천둥소리가 들린다. 우리는 2층 발코니로 나가 널빤지로 막지 않은 창문 너머로 지구 표면을 뒤덮은 더러움을 씻어 내고 있는 빗줄기를 바라본다.

멀리서 지축을 흔드는 소리와 함께 번개가 번쩍 일더니 비바람이 거세진다.

집사들은 여전히 아래층에서 TV로 전쟁을 지켜보고 있다. 우리는 난다 긴다 하는 인간들도 가소롭기만 하다는 듯 벼락이 무섭게 내리치는 모습을 지켜본다.

「집사들은 당분간 여기서 꼼짝 않을 모양이야.」

「나탈리가 비축해 둔 식료품을 들고 왔어.」

「소피는 무기를 가지고 있어.」

「무서워.」

내가 야옹, 하고 기어들어 가는 소리를 낸다.

나는 피타고라스에게 몸을 바짝 붙인다. 비는 질색이야. 빗소리만 듣고 있어도 털이 곤두서고 온몸이 저릿저릿 떨린다.

「우리 죽는 거야?」

「언젠가는 죽겠지만 오늘이 그날은 아니야.」

주위가 환해지더니 번갯불이 번쩍 하늘 복판에 줄을 긋고 지나간다.

나는 좀 더 밀착해 앉는다. 빠르게 뛰는 그의 심장 소리를 듣는 순간 무심결에 말이 튀어나온다.

「사랑해…… 피타고라스.」

「우리 서로 안 지 얼마 되지도 않았어, 바스테트.」

「사랑은 나누지 않았지, 맞아. 하지만 그건 네가 거부해서 그런 거지.」

「너한텐 펠릭스가 있잖아.」

「난 한 번도 그를 좋아한 적이 없어. 내가 선택한 게 아니라 내게 강요된 상대야. 더군다나 이젠 땅콩도 없는걸.」

「우리가 사랑을 나누는 순간 나는 너에게 종속될 거고, 그러면 여러 문제가 생길 거야.」

「그럼 딱 한 번만 하자, 지금. 죽기 전에.」

빗줄기가 한층 굵어진다. 그가 넘어올 것 같다.

「너랑 사랑을 나누면, 나는 한 번으로는 만족하지 못할 거야.」

그래, 이제 좀 알 것 같아. 피타고라스는 지나치게 감성적이야. 시간이 지나면 결국 내게 마음을 주게 돼 있어. 그때는 모든 걸 줄 거야. 그러니까 인내심을 갖고 기다려주자. 나는 슬쩍 화제를 돌린다.

「우리 조상들의 역사를 계속 들려줘.」

피타고라스가 기다렸다는 듯이 입을 연다.

「우리 선조들은 불교 승려들을 통해 기원후 950년에

한국(중국보다 동쪽에 있는 나라)에, 1000년에 일본(한국보다 조금 동쪽에 있는 섬나라)에 도착하게 돼. 당시 일본의 왕이었던 이치조 천황은 열세 살 생일에 새끼 고양이를 선물로 받았어. 그가 어찌나 고양이를 아꼈던지 황궁 사람들이 다 고양이를 한 마리씩 키우고 싶어 했지. 고양이는 부유한 여성들의 상징이 됐어. 고양이 수요가 점점 늘자 천황은 모든 사람이 가질 수 있게 공식적으로 고양이를 번식시키는 체계를 갖추라고 지시했어.」

비는 그칠 줄 모르고 억수같이 퍼붓는다.

「반면 당시 유럽은 아시아에서 대량 유입된 흑쥐 떼로 골머리를 앓고 있었어. 농민들이 흑쥐의 공격을 막아 내기 위해 고양이 군대를 만들었지. 이때도 역시 우리 조상들이 톡톡히 역할을 해냈어.」

「인간들이 고양이를 사악한 존재로 취급했다고 하지 않았어?」

「맞아, 대도시에선 그랬지만 다른 곳은 달랐어. 사람들은 고양이 똥을 탈모를 늦추거나 간질 증상을 억제하기 위한 약재로 썼어. 민간 치료사들은 고양이 골수로 류머티즘을 치료하고 고양이 지방을 치질 증상을 완화시키는 데 쓰기도 했지.」

「지방과 골수를 얻으려면 고양이를 죽여야 했을 텐데…….」

피타고라스는 눈도 깜짝하지 않고 얘기를 이어 간다.

「스페인에서는 고양이를 잡아 요리 재료로도 사용했어. 왕의 요리사였던 루페르토 데 놀라라는 사람이 요리책을 출간해서 많은 인기를 얻었는데, 그 책에 나온 상당수의 요리가 고양이를 주재료로 쓰는 거였대.」

내가 뭘 잘못 들은 거 아니야?

「인간들이 우리를…… 먹었다고?」

피타고라스가 깊은 한숨을 내쉰다.

「생긴 건 토끼 고기와 고양이 고기가 비슷한데 맛은 고양이 고기가 훨씬 섬세하다는 평가를 받았대. 요리할 때도 비슷한 소스와 양념이 들어갔고.」

갑자기 구역질이 치민다. 토할 것 같다.

「그뿐인 줄 알아? 현악기를 제조할 때 고양이 창자를 사용하기도 했어. 고양이 내장으로 만든 기타 줄이 유명했지. 재단사들은 고양이 가죽으로 털외투와 토시, 모자, 쿠션 등을 다양하게 만들기도 했어.」

나는 공포에 질려 몸을 바들바들 떤다.

줄번개가 치면서 주위가 잠시 환해진다.

「그런 인간들에게 결국 불운이 닥쳤지. 〈페스트〉라는 치명적인 전염병이 번지기 시작했거든. 쥐가 옮기는 병이었는데, 우리를 대신해 쥐들이 인간을 파괴하는 역할을 맡아 줬던 셈이지.」

「고양이가 있으면 쥐가 얼씬 못 하지 않아?」

「모두가 고양이를 키우진 않았으니까. 고양이가 있었던 사람들은 상대적으로 병에 전염이 덜 된 반면 개를 키우는 사람들은 그렇지 않았어. 1348년부터 1350년 사이에 흑사병으로 사망한 인간이 2천5백만 명이었는데, 그중 절반이 유럽인이야.」

「당해도 싸. 우릴 먹지 않았으면 그런 일은 일어나지 않았을 거야.」

「그런데 있지, 재앙에서 살아남은 인간들이 우리 조상들한테 고마워하기는커녕 고양이를 키우는 사람들이 페스트를 옮긴 사악한 기운과 한통속이라는 결론을 내렸어. 인간들은 고양이를 가진 사람들을 주술사로 취급해서 죽였고 그들이 키우던 고양이들도 같이 죽였어.」

「청개구리가 따로 없네.」

「이런 상황에서 1484년 교황 인노첸시오 8세가 신실한 신도라면 성요한 축일 날 밤에 길고양이든 집고양이

든 모조리 잡아서 산 채로 장작불에 태워야 한다고 칙령을 내렸지.」

「어리석기 그지없군.」

나는 인간들이 제멋대로 우리를 좋아했다 싫어했다 했던 것이, 아니 혐오했다는 사실이 믿기지 않는다.

더러 말소리가 빗소리에 파묻히는 데도 피타고라스는 개의치 않는다.

「1540년에 다시 페스트가 발병해 인구의 절반이 목숨을 잃었어. 이때도 역시 고양이를 키우던 생존자들이 재앙의 원흉으로 지목돼 조직적으로 죽임을 당했지.」

「네가 전에 인간들이 우리보다 똑똑하다고 말했던 것 같은데…….」

「몇 세기가 흐르고 나서야 인간 과학자들이 재앙에서 살아남은 것과 고양이를 키운 것 사이에 관련이 있다는 것을 알아냈어. 결국 교황 식스토 5세는 고양이에게 덧씌워진 악마적 이미지를 걷어 내고 기독교인들이 고양이를 키울 수 있게 해줬지. 〈르네상스〉라고 불리는 이 시대부터 고양이는 프랑스를 비롯한 유럽 여러 나라에서 긍정적인 이미지를 되찾았어. 식량이 손상되지 않게 출항하는 배에 반드시 고양이를 태워야 한다는 의무 조항을 계약서에 넣은 보험 회사도 있었어.」

비가 그치고 먹구름이 물러나면서 하늘이 맑게 갠다. 우리 머리 위에 여러 색깔이 층을 이룬 반원이 하나 떠 있다.

「저건 무지개라는 거야. 공기 중에 남아 있는 물방울이 햇빛을 받아 나타나는 현상이야.」

「아름답다.」

「이 지구는 정말 아름다워. 나는 매일 새록새록 우리 지구의 아름다움을 발견해.」

「넌, 행복해?」

「물론이야. 자신이 가진 걸 소중히 여길 줄 알면 행복하고 자신이 갖지 않은 걸 갖고 싶어 하면 불행하지. 난 원하는 걸 다 가졌어.」

「전쟁이 두렵지 않아?」

「나는 내 능력을 충분히 못 쓸까 봐 두렵지 다른 건 아무것도 두렵지 않아. 나머지는 내가 결정할 수 있는 게 아니니까. 비가 오고 날이 개고 천둥이 치고 무지개가 뜨고 전쟁이 일어나고 평화가 찾아오는 건 내가 결정하는 게 아니야.」

별안간 지근거리에서 총성이 울려 대화가 중단된다. 집 밖 도로에서 나는 소리다. 여러 발의 총성이 더 들린다.

우리는 급히 2층으로 뛰어올라 간다. 나탈리와 소피가 발코니 난간에 팔을 기대고 아래쪽으로 소총을 겨누고 있다. 통유리창에 쳐진 커튼 꼭대기에 매달린 안젤로는 내려오지 못해 야옹거리며 울고 있다. 집사들이 길 건너 인도에서 자동차들 뒤에 몸을 숨기고 있는 인간들을 향해 총을 발사한다.

「〈약탈자〉들이야.」

즉시 상황을 파악한 피타고라스의 얼굴이 어두워진다.

「우리 인간 집사들을 강간하고 음식을 빼앗고 우리를 죽이려고 왔을 거야. 순서는 달라질 수도 있지만.」

총격전이 시작된다.

「가자, 바스테트. 우리가 나서자. 수류탄을 터뜨려야겠어.」

피타고라스가 결연한 얼굴로 무기가 담긴 바구니에서 과일처럼 생긴 검은색 쇠붙이 하나를 집어 입에 물더니 나한테도 따라 하라고 신호를 보낸다.

나는 그를 따라 지붕으로 올라간다. 우리는 물기가 채 마르지 않은 기와를 미끄러지며 조심조심 걸어 아래로 내려가는 통로를 찾아낸다. 우리는 도로로 내려가서 집사들을 올려다보며 총을 갈기는 인간들을 지나쳐 간다. 피타고라스가 그들이 숨어 있는 차들 밑에 수류탄을 내려놓으라고 나한테 눈짓을 보낸다. 그러고 나서 앞발로 수류탄을 잡고 재빨리 이빨로 안전핀을 뽑아 시범을 보인다.

나는 그를 똑같이 따라 한다.

「10초 남았어, 자, 빨리 도망치자, 바스테트!」

〈초〉라는 게 뭔지 모르지만 나는 그를 따라 냅다 달린다. 숨을 헐떡거리면서 나무에 올라가 앉는 순간, 두 번의 폭발이 일어난다. 펑 하는 소리와 함께 부서진 철판 조각들이 공중으로 날아올랐다 바닥으로 쏟아져 흩어진다.

인간들의 몸이 사지를 뒤틀며 넘어지더니 더 이상 움직이지 않는다.

내 손으로, 난생처음, 인간들을…… 죽였어! 가능하구나. 고양이가 도구를 적절히 사용할 줄 알면 인간의 생사를 결정할 수도 있구나.

발코니에 가구를 쌓아 만든 바리케이드 뒤에 숨어 있던 나탈리와 소피가 놀라움과 안도감이 교차하는 얼굴로 우리를 맞아 안전한 집 안으로 데리고 들어간다.

커튼에 매달려 있던 안젤로가 난생처음 높은 곳에서 뛰어내리는 데 성공한다. 자기가 멋지게 착지에 성공해

집안 분위기가 좋아졌다고 착각한 안젤로가 의기양양하게 울음소리를 낸다. 냐옹냐옹!

나탈리가 감탄의 목소리로 내 이름을 부르며 품에 꼭 안아 준다.

내가 인간들을 죽이면 집사가 좋아한다는 정보가 내 의식에 새겨진다.

나는 전쟁을 좋아하는 것 같진 않다. 세상에 흐르는 생명의 에너지가 알쏭달쏭한 이유들 때문에 느닷없이 끊기는 게 안타깝다.

역설적이지만 지나친 생명의 파괴를 막기 위해 생명을 죽여야 할 때가 있다.

내 직관이 옳았음을 다시 확인한다. 나에겐 이 모든 존재 간의 소통을 도울 책임이 있다. 소통이 이루어지면 그들이 지금처럼 서로 총을 겨누거나 수류탄을 던질 필요가 없어질 테니까.

앞으로 피타고라스를 통해 인간 세상의 정보를 계속 수집하는 한편 인간들에게 메시지를 내보낼 방법을 찾아야 한다.

인간들의 말을 듣는 데 만족하지 말고 그들에게 말을 해야 한다. 이건 나의 신념이다.

15

배고픔

날이 가고 달이 간다.

비축 식량이 바닥난 뒤로 우리는 누르스름하고 시퍼런 정체불명의 음식으로 겨우 연명하고 있다. 밥그릇에 수북했던 바삭거리는 사료가 눈앞에 아른거린다.

나탈리와 소피는 발코니에 가득한 화초에서 잎을 따서 네 맛도 내 맛도 없는 멀건 수프를 끓여 허기를 달랜다.

수돗물마저 갈색으로 변해 끓이지 않으면 마실 수 없다.

밖에는 폭발음과 총성이 끊이지 않는다. 인간들의 고함 소리와 비명 소리, 울부짖음이 간간이 섞여 들리기도 한다. 동물의 발톱인지 인간의 손인지 분간하기 힘든 실루엣들이 아래층 창턱을 긁어 대다 사라지곤 한다.

배가 너무 고파서 돌이라도 씹어 먹겠어.

몸을 가눌 수 없을 만큼 기력이 떨어진 나탈리와 소피는 담요를 겹겹이 두르고 TV 앞에 앉아 멍하니 화면을 바라보다 잠들곤 한다. 밖에서 다시 약탈을 감행해 오면 속수무책으로 당할 수밖에 없을 것 같다.

나는 저주파, 중주파, 고주파로 소리를 바꿔 가며 집사에게 갸르릉테라피를 해준다. 파동으로 인간을 치료할 수 있다는 확신은 있지만 아직 내 능력을 완벽하게 사용하는 방법을 터득하지 못했다. 하루빨리 맞는 주파수를 찾아야 한다.

펠릭스가 입을 우물거리며 거실 구석에 앉아 있다. 그런데…… 털실을 씹고 있잖아! 그가 소피의 스웨터에서 털실을 뽑아 질겅질겅 씹다 삼킨다. 기다란 스파게티 가락인 양 호로록 빨아들인다. 털실을 먹는 고양이가 있다는 얘기는 엄마한테 들었지만 이렇게 스스로 존엄성을 포기한 동족을 내 눈으로 직접 보게 될 줄은 몰랐어.

안젤로는 자꾸 보채며 빈 젖을 빨아 댄다.

피타고라스는 동면에 가까운 명상에 들어가 있다. 눈꺼풀은 감겼고 눈알은 움직임이 멎었고 호흡은 느려져 있다.

내가 몸을 비비자 그가 마지못해 반응한다.

「괜찮아?」

내가 걱정스럽게 묻자 그가 끙 하는 소리를 낸다.

「내가 귀찮게 했어?」

그가 대답 대신 천천히 몸을 턴다.

「피타고라스, 이번엔 진짜 가망이 없어 보여.」

「두려워하지도 판단하지도 말고 세상을 있는 그대로 받아들여.」

그가 선문답하듯 짧게 대답한다.

「전쟁이 터졌어. 먹을 것도 다 떨어졌고. 무기력하게 있다 꼼짝없이 굶어 죽을 판이야.」

피타고라스가 생각을 정리하려는 듯 고개를 흔들더니 한 야옹 한 야옹 힘주어 또박또박 말한다.

「너한테 무슨 일이 벌어지든 다 너를 위한 거야. 닥치는 상황에 적응해 나가면 돼.」

「이제 눈에 헛것이 보여?」

「아니야. 시간 여유가 생기고 내 몸이 더 이상 소화 작용이나 다른 활동에 매이지 않으면서 새로운 사고에 눈 뜨게 된 거야. 분주한 감각들의 방해를 받지 않으니까 비로소 깊은 생각을 할 수 있게 됐어.」

「하지만 상황이 상황인데…….」

그가 눈을 감으며 말끝을 단다.

「네 적들과 네 앞에 나타나는 장애물들은 너의 저항력을 알게 해줘. 심각해 보이는 문제들도 사실은 너 자신을 더 잘 알게 되는 기회일 뿐이야.」

「하지만······.」

「네 영혼은 경험을 통해 네가 진화할 수 있도록 이 세계와 이번 생을 선택한 거야.」

⟨너는 네 행성을 선택했어.

너는 네 나라를 선택했어.

너는 네 시대를 선택했어.

너는 네가 속한 동물종을 선택했어.

너는 네 부모를 선택했어.

너는 네 육체를 선택했어.

너를 둘러싼 것이 네가 누구인지 알고자 하는 욕망에서 비롯됐다는 것을 인식하는 순간 너는 불평을 하지도 부당하다고 느끼지도 않을 거야. 네 영혼이 너의 진화를 위해 그런 시련들을 선택한 이유를 알려고 애쓸 거야. 혹시라도 네가 잊어버릴까 봐 이 메시지는 밤마다 꿈으로 너를 찾아올 거야. 믿기지 않으면 나처럼 해봐. 눈을 감고 꿈을 꾸는 거야.⟩

피타고라스는 외부에 존재하는 예지의 힘과 접속이라도 한 듯 무의식 상태에서 말을 쏟아 낸다.

「내가 요 며칠 명상을 통해 깨달은 메시지야.」

그는 크고 파란 눈으로 나를 뚫어져라 쳐다본다.

나는 뒤통수를 한 대 호되게 얻어맞은 기분으로 그의 말을 곱씹는다. 마치 그에게서 비밀스러운 지혜의 정수를 전해 받은 느낌이다. 아무래도 지혜를 써보지도 못하고 죽을 것 같아 아쉽다.

「있잖아, 피타고라스, 혹시…….」

미처 말을 꺼내기도 전에 그가 눈을 감아 나는 더 이상 귀찮게 하지 않고 돌아선다.

뼈가 앙상한 안젤로가 몸을 떨고 걸핏하면 짜증을 낸다. 나는 영양실조에 걸린 자식을 더는 지켜볼 수가 없어 밖에 나가 음식을 구해 오기로 결심한다.

바리케이드가 쳐진 아래층 출입구와 창문 대신 발코니를 통해 밖으로 나가야겠다. 요사이 강제로 다이어트를 한 덕에 옆집 지붕으로 사뿐히 건너뛸 자신이 있다. 몸은 확실히 예전에 비해 가벼워졌지만 기운이 없는 탓에 착지하다 함석지붕을 주르륵 미끄러져 내린다. 나는 재빨리 중심을 잡고 다시 옆집 지붕으로 힘껏 건너뛴다.

지붕 꼭대기에 올라서자 상황이 한눈에 들어온다.

골목마다 수거해 가지 않은 쓰레기가 산더미처럼 쌓여 있다.

나는 거리로 내려가 제일 먼저 눈에 띄는 쓰레기 더미 앞에 선다. 쥐들이 쓰레기 사이를 후다닥후다닥 지나다닌다. 먹어 본 적은 없지만 〈쥐는 그냥 조금 살찐 생쥐라고 생각하면 돼〉라고 했던 엄마 말만 믿고 일단 잡아 보자.

내가 제일 비실비실해 보이는 놈을 골라 다가가자 녀석이 털을 부풀리면서 자세를 고쳐 잡더니 입을 벌리고 이빨을 딱딱 부딪치면서 공격을 예고한다. 겁을 먹던 생쥐와는 달리 나를 만만한 상대로 본다는 증거다.

반가워요, 쥐 선생님? 하고 대화를 시도해 볼까?

아니야, 엄마가 음식한테 말을 거는 건 아니라고 했어. 나는 유전자에 각인돼 있을 오래된 본능을 되살려 앞발을 세우고 쥐에게 달려든다.

우리는 오물에서 뒹굴며 혈투를 벌인다. 발톱과 발톱, 이빨과 이빨이 맞부딪친다. 상대는 내 체구에 조금도 압도당하지 않은 듯 과감한 공격을 펼친다. 날카로운 이빨이 내 몸에 와 박히지만 털이 촘촘한 살을 깊게 파고들지는 못한다. 상대의 급소를 찾고 있던 나 역시 놈이 사정거리에 들어오는 순간 달려들어 목에 이빨을 박아 넣는다. 따뜻한 피가 솟구쳐 목구멍으로 쏟아져 들어온다. 찝찌름하면서도 황홀한 맛. 나는 이빨을 더 깊숙이 박아 넣어 액체를 빨아들인다. 단말마적인 경련과 함께 놈의 몸뚱이에서 긴장이 빠져나간다.

나는 살점을 문덕 베어 내 씹기 시작한다. 영 못 먹을 정도는 아니군. 기름기 많은 고기를 좋아하는 내 입맛에 딱 맞게 넓적다리에 허연 기름까지 붙어 있어.

크게 몇 입 먹고 기운을 차린 나는 집에 음식을 가져가야 한다는 애초의 임무를 떠올리며 주변을 살핀다. 쥐가 떼를 지어 쫓아올 정도로 다행히 먹을거리가 지천이다.

나 참, 설치류한테 쫓겨 달아나게 될 줄이야!

쥐 떼와의 거리가 점점 좁혀져 잡히기 일보 직전(젠장, 음식한테 쫓겨 달아나는 내 꼴을 보면 엄마는 뭐라고 할까……), 늘어진 나뭇가지 하나가 구세주처럼 나타난다. 충분히 뛰어오를 수 있는 높이다. 나는 껑충 도약해 나뭇가지를 발판 삼아 지붕으로 뛰어오른다. 지붕에서 지붕으로 건너뛰는 와중에도 입에 문 소중한 쥐꼬리들을 놓칠세라 이를 앙다문다.

조금 이따 내 아들과 내 수컷, 내 친구, 그리고 두 인간 집사를 먹일 생각을 하니 행복하다.

　내가 뿌듯한 마음으로 돌아와 거실에 전리품을 내려놓자 나탈리와 소피는 있는 대로 인상을 찡그리면서 가까이 오지 말라고 손을 홰홰 내젓는다.

　배은망덕은 타고난 인간의 속성인가? 야속한 마음에 나는 고개를 돌려 동족들의 반응을 살핀다.

　피타고라스 역시 시큰둥한 얼굴이다.

　유일하게 펠릭스만 몇 번이고 고맙다고 하면서 신나게 음식을 욱여넣는다.

　기운을 조금 차린 나는 안젤로에게 젖부터 물린다.

　그러고 나서 펠릭스 옆에 앉아 사냥해 온 음식을 한 입 베어 문다. 질깃한 고기가 흐무러질 때까지 오래 씹어 삼킨다.

　「밖은 어때?」

　여전히 고기를 입에 문 채 펠릭스가 묻는다.

　「더럽고 위험해.」

　그가 아직 온기가 남아 있는 쥐의 내장을 후루룩후루룩 게걸스럽게 빨아 먹는다.

　「인간들이 우리한테 해코지하는 일은 절대 없을 거야.

우리가 너무 필요하니까.」

「우리가 왜 필요한데?」

내 질문에 펠릭스가 평소답지 않게 정확한 표현을 찾으려고 애를 쓴다.

「그게 있지, 그러니까……. 우리를…… 쓰다듬어야 하니까.」

나는 한 방 쏘아붙일까 하다가 면박을 줘 뭐 하나 싶어 입을 꾹 다문다. 사실, 그의 말이 전적으로 틀린 건 아니니까. 우리는 인간에게 어떤 실질적인 도움을 줄 수 있을까? 지금 살고 있는 이런 도시에서는 쥐가 갉아 먹지 못하게 창고의 곡식을 지킬 필요도 없고 뱀이나 전갈, 거미 따위를 쫓을 일도 없다. 요즘은 고양이 기름과 척수를 치질이나 탈모 치료에 쓰지도 않는다. 그렇다면, 인간한테 우리가 필요한 이유가 뭘까?

요즘 같은 전시에 펠릭스의 주장처럼 〈쓰다듬기〉가 꼭 필요할 것 같지도 않은데……. 혹시 내가 상황을 잘못 파악하고 있는 건 아닐까. 지금처럼 생존이 위태로운 시기에는 내가 인간 집사에게 귀찮은 존재가 될 수도 있지 않을까.

내가 복잡한 표정을 짓자 펠릭스는 나를 설득했다고

믿는 눈치다. 어차피 그의 세계는 문제없이 잘 돌아가고 있으니까.

「있지, 펠릭스, 옛날에는 인간들이 우리를 마구 박해했어. 불에 태워 죽이고 먹기까지 했어. 고양이 가죽으로 옷도 만들어 입었다니까.」

「누가 그런 얼토당토않은 얘기를 해?」

「피타고라스.」

「피타고라스는, 어디서 그런 소릴 들었대?」

「글쎄.」

나는 모르는 척 즉답을 피한다.

「난 말이야, 눈에 보이는 걸로 세상을 이해해. 우린 지금 살아 있고, 인간들이 우리를 좋아해 주고, 우린 그들에게 큰 행복을 안겨 주고 있어. 지금이야 인간들이 서로 죽고 죽이지만 결국은 그러다 지칠 거야. 꾀순이 바스테트가 쥐를 사냥해 와서 이젠 굶을 걱정도 없어. 이러면 된 거 아니야?」

〈너한테 무슨 일이 벌어지든 다 너를 위한 거야〉라는 피타고라스의 말을 이렇게 자기식으로 해석해 내는 걸 보면 펠릭스는 현자일지도 몰라.

그동안 내가 이 앙고라고양이를 과소평가했었는지도

몰라.

「인간은 절대 우리 없인 못 살아.」

그가 확신에 차서 쐐기를 박는다.

「저들을 봐. 저들의 심리적 안정은 우리한테 달렸어. 우리가 없었으면 지금 집사들은 어떨까? 우리가 집 안의 긴장을 다 풀어 주고 있잖아. 우리 덕분에 집사들이 미치지 않고 숙면도 취할 수 있는 거야.」

나는 인간 집사들은 우리 없이도 얼마든지 살 수 있다고 믿지만 괜히 논쟁을 벌이기 싫어 자리를 뜬다.

2층으로 올라가니 피타고라스가 눈을 크게 뜨고 허공을 응시하고 있다.

「우리 역사의 다음 얘기를 듣고 싶어.」

내가 그에게 다가가며 말한다.

먹지 못해 기력이 쇠한데도 그는 기꺼이 내 청을 들어준다. 우리는 얼마 전에 내가 감쪽같이 속았던 큰 거울이 있는 방에 들어가 침대에 앉는다.

「르네상스 시대에서 멈췄어. 과학자들과 예술가들이 그제야 우리한테 관심을 갖기 시작했다는 얘기까지 했어.」

세가 할 얘기에 이미 푹 빠진 듯 피타고라스의 귀가 미세하게 떨린다.

「프랑스에서는 루이 13세가 공식적으로 고양이의 명예를 회복시켜 줬어. 그의 신하였던 리슐리외 재상은 고양이를 스무 마리 정도 길렀는데, 아침마다 고양이들하고 놀아 주고 나야 집무를 시작했대. 우리를 정말 좋아했던 거지. 루이 13세는 고양이를 길러서 곳간의 곡식을 지키라고 농민들에게 권했어. 자신도 왕궁 도서관에 고양이 여단을 상주시켜 생쥐들이 책을 갉아 먹지 못하게 했지. 안타깝게도 그의 열정은 후계자에게 계승되진 못했어. 루이 14세는 어릴 때 동무들과 화덕에 고양이를 집어던지는 장난을 치며 놀았지. 다행히 루이 15세는 전임자와 달리 애묘가였어. 그는 각료 회의에 늘 자신이 키우던 털이 하얀 고양이를 안고 참석했어. 성 요한 축일에 고양이 화형을 공식적으로 금지한 것도 그였어.」

「우리 운명이 인간들 변덕에 좌우되다니, 씁쓸하군…….」

「캄비세스 2세, 율리우스 카이사르, 루이 14세, 그리고 훗날 나폴레옹과 히틀러까지 우리를 끔찍이 싫어한 권력자들은 독재자인 경우가 많았어.」

「그런 두목들 말고 다른 인간들은 어땠는데?」

「이때부터 고양이를 과학 실험에 사용하기 시작했어.」

「과학?」

「과학은 세계를 이해하려는 학문이야. 정치는 법률을 받들고 종교는 하늘에서 세상을 지켜본다는 상상 속 수염 달린 거인의 뜻에 순종하지만 과학은 선입견 없이 진리를 추구하고 새로운 질문을 던지지. 이 시대부터 과학자들이 고양이를 통해 많은 것을 이해할 수 있다는 가능성을 천착했어.」

밖에서 기관총 난사하는 소리가 들린다. 연이어 폭발음과 비명 소리가 귀를 찢는다. 하지만 피타고라스는 흐트러짐 없이 평온한 얼굴이다.

샴고양이가 머리를 털고 나서 얘기를 이어 간다.

「당시에 아이작 뉴턴이라는 위대한 과학자가 있었어. 그가 만유인력의 법칙을 발견한 1666년은 제3차 페스트가 영국 수도 런던에 창궐하던 때야. 그는 전염병을 피해 런던을 떠나 울즈소프에 머물고 있었어. 어느 날 오후에 나무 밑에서 낮잠을 자는데, 뉴턴이 키우던 암고양이 매리언이 나무에서 놀다가 그의 위로 떨어졌어. 깜짝 놀라 잠이 깬 뉴턴은 문득 이런 생각을 했지. 〈나무에 있던 매리언은 내 위로 떨어지는데 왜 달은 지구로 떨어지지 않지?〉 이를 통해 그는 물리학의 가장 위대한 발견 중 하나인 중력의 법칙을 추론해 내지. 훗날, 역시 애묘가였던 프

217

랑스 작가 볼테르가 고양이를 사과로 바꿔서 뉴턴의 얘기를 사람들에게 전하지.」

나는 점점 그의 얘기에 빨려 들어 간다.

「과학적 영감을 준 매리언이 고마웠던 뉴턴은 집 현관문에 네모난 구멍을 내서 고양이가 마음대로 드나들게 해줬어. 뉴턴은 현대 물리학의 창시자이자…… 고양이 출입구의 발명자인 셈이야.」

과학은 정말 멋진 학문이구나. 피타고라스가 쭙쭙, 하고 입으로 소리를 낸다. 허기가 질 텐데도 눈에는 예전 못지않은 총기가 넘친다.

「훗날 니콜라 테슬라라는 과학자는 아들이 고양이 마체크를 쓰다듬는 모습을 지켜보다가 정전기 현상을 발견했어. 어둠 속에서 작은 불꽃이 이는 걸 본 거야.」

「과학이 우리를 구했구나.」

「꼭 그렇진 않아…….」

평소와는 다른 피타고라스의 야옹 소리가 의미심장하게 들린다.

「과학이 우리를 종교의 박해에서 구해 준 건 사실이지만 동시에 새로운 고통을 안겨 주기도 했어.」

밖에서 폭음이 진동한다. 우르르 집 무너지는 소리가

218

들린다. 샴고양이가 동요를 보이며 몸을 떤다. 그의 양쪽 귀가 마치 촉수처럼 사방으로 분주하게 움직인다. 그가 분노를 억누르고 있는 듯 이를 드러낸다. 비장한 목소리로 말한다.

「아무래도 너한테 비밀을 털어놓을 때가 된 것 같아, 바스테트. 따라와.」

그가 나를 주방으로 데려가더니 지하실로 통하는 문 앞에 선다. 그가 사뿐히 뛰어올라 요령 있게 힘을 싣자 손잡이가 돌아간다. 문이 열리며 지하로 통하는 하얀 계단이 나타난다.

「문손잡이를 어떻게 한 거야?」

「나 역시 〈과학〉의 원리에 따라 효과적인 방법을 유추해 냈어. 나중에 기회 봐서 가르쳐 줄게. 일단 내려가자.」

나는 반들반들한 계단을 한 칸씩 조심스럽게 밟으며 내려간다.

「소피는 과학자야, 여긴 그녀의 실험실이고. 나는 그녀의 실험 결과물이지. 그녀의 실험 덕에 인간에 관한 많은 정보를 얻을 수 있었어.」

계단을 끝까지 내려가자 철문이 하나 나타난다. 피타고라스가 손잡이로 뛰어오르려는 순간 뒤에서 인기척이

난다.

소피가 계단 꼭대기에서 우리를 내려다보며 못마땅한 표정을 짓고 있다. 그녀가 피타고라스를 째려보면서 질책하는 투로 자꾸 이름을 부르면서 뭐라고 뭐라고 얘기한다.

피타고라스가 어쩔 줄 몰라 하며 나를 쳐다보더니 그만 거실로 올라가자고 눈짓을 보낸다.

제대로 들은 게 맞지? 피타고라스가 분명히 자기가 인간이 한 과학 실험의 결과물이라고 했어. 설마 거짓말은 아니겠지? 무슨 얘긴지 반드시 알아내야겠어.

하필이면 피타고라스가 비밀을 얘기해 주려고 할 때 소피가 나타날 게 뭐람. 거실에 있는 TV에는 여전히 전쟁과 축구, 날씨를 알려 주는 이미지가 번갈아 지나가고 있다. 그런데 굳은 얼굴로 소파에 앉아 소피가 리모컨을 누르자 한 번도 본 적이 없는 새로운 이미지들이 나타난다.

「집사들이 자신들의 세계가 고통에 허우적대는 안타까운 장면을 도저히 지켜볼 수가 없나 봐. 〈영화〉의 상상력에서 위안을 얻고 싶은 모양이야.」

화면에 움직이는 고양이 그림들이 지나간다. 영화의 한 장면이 틀림없다.

「〈캣우먼〉이야?」

「아니. 저건 〈아리스토캣〉이라는 만화 영화야. 고양이가 주인공인 건 그냥 우연이야. 하긴…… 소피가 고양이한테 각별한 열정이 있긴 하지.」

그림들이 빠른 속도로 이어지면서 움직이니까 마치 현실의 장면처럼 자연스럽게 느껴진다.

「이것도 시나리오 작가가 지어낸 허구의 이야기야? 현실에서 일어나지 않는 사건들을 뭐 하러 자꾸 이야기로 만들어?」

「현실이 견딜 수 없게 인간을 짓누를 때 그것에서 벗어나게 해주는 게 바로 상상력이야. 이 영화를 보면 뉴스가지닌 불안과 공포의 위력과는 전혀 다른 위안의 힘을 허구가 지녔다는 것을 확인할 수 있을 거야.」

그다지 공감이 가는 말은 아니지만 나는 다른 할 일이 없어서 〈만화 영화〉에 눈길을 준다. 우스꽝스러운 리본을 맨 하얀 암고양이가 장난꾸러기 같은 회색 고양이의 피아노 반주에 맞춰 노래를 부르는 모습을 엄마인 듯한 암고양이가 흐뭇하게 지켜보고 있다. 피타고라스가 설명을 덧붙인다.

「의자에 앉아 있는 저 암고양이가 아기 고양이들의 엄

마인 더치스야. 아이들과 위험에 빠진 더치스를 오말리라는 수고양이가 구해 주면서 둘이 가까워지게 돼. 우리 관계와 비슷한 면이 있지. 본래 미국 영환데, 배경은 우리가 사는 파리야.」

그림으로 그린 가짜 고양이들이 화면 속에서 우리와 똑같이 움직이고 인간처럼 말도 한다.

「어떤 줄거리야?」

「더치스는 부유한 인간 가정에서 자식 셋과 호화롭고 안락한 삶을 살고 있었어. 더치스의 집사는 돈이 아주 많은 노판데, 고양이들을 지극히 사랑하지. 그래서 자신이 죽으면 전 재산을 고양이 가족에게 물려주기로 결심하고 하인에게 고양이들을 잘 보살피라고 지시해. 하지만 유산에 욕심이 난 하인은 고양이들을 없애기로 마음먹고 더치스와 아기 고양이들을 먼 시골에 갖다 버리지. 고양이 가족은 무사히 파리로 돌아오지만 마땅한 거처가 없고 거친 환경에 적응하기도 힘들어해. 하지만 길고양이 오말리의 도움과 보살핌 덕에 결국은 집사가 기다리는 집으로 돌아가게 되지.」

「눈물 나게 아름다운 얘기네…….」

「하지만 전혀 현실적이진 않아. 일단, 고양이를 없애려고 마음먹은 하인이라면 내다 버리지 않고 아예 죽이겠지. 고양이들이 트럭을 타고 파리에 돌아오는 것도 말이 안 돼.」

피타고라스는 만화 영화에 리얼리티가 부족한 게 짜증이 나는 눈치다.

나는 귀가 뾰족하게 생긴 두 주인공이 마치 나탈리와 토마 같은 눈빛과 어조로 대화를 주고받는 장면을 유심히 바라본다. 몸만 다를 뿐 인간과 판박이잖아. 그래, 말이 안 돼!

아기 고양이 삼 남매가 아옹다옹하는 모습이 화면에 비칠 때마다 세상에 없는 내 새끼들이 눈에 밟혀 견딜 수가 없다. 실제 세상은 만화 영화 속 세상과는 비교할 수 없이 가혹하지. 레이저 불빛에 한눈을 파는 사이에 인간들이 제 새끼들을 물에 빠트려 죽이면 저 어미 고양이는 어떻게 나올까? 파리 시내에 페스트가 번지고 인간들이 서로를 향해 총을 겨누고 수류탄을 던지는 세상이라면 저 수고양이 오말리는 어떻게 할까?

영화를 보다 긴장이 풀어져 나도 모르게 깜빡 잠이 든다.

꿈속에서 나는 나탈리로 변하는 상상을 한다.

그녀처럼 낮에 활동하고 밤에 잠을 잔다. 두 발로 걸어 다니고 샤워를 즐긴다. 낮에 밖에서 노란 모자를 쓰고 집을 폭파하는 일을 하다가 저녁이 되면 집으로 돌아온다. 자다 일어난 암고양이가 내 무릎으로 뛰어오른다. 쓰다듬어 주면 갸르릉 소리를 낸다. 나는 고양이가 드나들지 못하게 재미 삼아 방문을 닫아 버린다. 방에 갇힌 고양이가 시끄럽게 울어 대면 그제야 문을 열어 밖으로 나오게 해준다. 나는 온갖 색깔의 음식을 먹는다. TV를 본다. 침실에 가서 벽에 걸린 거울을 들여다본다. 인간이 된 내 모습이 비친다. 딱 한 가지, 사소한 게 눈에 거슬린다. 몸을 숙여 거울을 가까이서 들여다보자 세로로 찢어진 틈새 같은 동공이 보인다. 고양이 눈.

나는 정신이 번쩍 들어 잠이 깬다.

나는 온몸을 마구 흔든다.

그래, 인간의 삶은 별거 아니야.

우리 고양이들의 세계가 좁고 제한적이라면 인간들의 세계에는 흥미로운 감정이 결여돼 있어. 그들은 외부의 자극을 절반밖에 감지 못 해. (우리처럼 귀를 움직이지 못하니까) 소리를 잘 감지하지 못해, 파동을 잘 잡지도 못해, 어둠 속에서는 잘 보지도 못해.

꿈을 꾸고 나서 나는 인간 세계에 대한 지식을 가진 고양이로 존재하는 게 얼마나 행운인지 실감한다. 피타고라스 덕분이다. 두 세계의 지식을 한꺼번에 누릴 수 있다는 것은 참으로 감사한 일이다.

나는 눈을 감고 다시 잠 속으로 빠져든다. 이번에는 피타고라스와 함께 그의 집 지하실로 통하는 하얀 계단을 내려가는 꿈을 꾼다. 그가 철문 손잡이를 돌려 문을 연다. 〈이제 내 비밀을 보여 줄게.〉 샴고양이가 꿈속에서 나를 쳐다보며 비장한 목소리로 말한다.

그런데 내가 미처 입을 열기도 전에 난데없이 소피가 나타나더니 나를 잡아 자루에 넣는다. 잠시 후, 어두운 방에 있는 테이블에 몸이 묶인 내 모습이 보인다.

피타고라스가 야옹, 하고 의미심장한 울음을 울자 소피가 알았다는 듯 고개를 끄덕인다.

「넌 운이 좋아, 바스테트. 소피가 너한테 제3의 눈을 만들어 주겠대.」

그의 목소리가 쩌렁쩌렁 울린다.

소피가 날카로운 칼날을 내 이마에 갖다 대는 순간 피타고라스가 귀에 대고 속삭인다.

「겁먹지 마. 처음엔 조금 아프지만 나중에 모든 걸 이

해하게 될 거야. 약간의 고통은 방대한 지식을 얻기 위해
치러야 하는 대가라고 여겨.」

16

불청객

우리는 거실 소파에 맥 놓고 앉아 TV를 보면서 하루하루를 보낸다. 자다 깨다 하다 보면 어느새 해가 기울어 있다. 나는 선잠을 자면서도 수시로 꿈을 꾼다. 하염없이 이생각 저 생각으로 머리를 굴린다.

혼곤한 상태에서 눈을 떠보면 두 집사의 시선은 예외없이 벽에 걸린 발광판에 가 있다.

시각에 휘둘리는 게 인간의 최대 약점인지도 모른다. 인간은 시각에 의존해 세상을 이해하고 즉각적인 감정을 불러일으키는 TV를 통해 시각 정보를 수집한다. 시각 못지않게 귀중한 정보원인 청각은 이미지가 촉발한 효과를 극대화하는 용도로만 사용될 뿐이다.

TV는 갈수록 충격적인 이미지를 원하는 인간의 욕구

를 충족시켜 주고, 영화 속 허구의 세상에도 폭력이나 섹스 같은 자극적인 장면이 난무한다. 인간이 지닌 정신의 감각은 자연스럽게 무뎌질 수밖에 없다. 새로운 장소에 들어서면 나쁜 파동을 감지하지 못하고 새로운 사람을 만나면 자신에게 유익한지 아닌지 판단하지 못한다. 인간의 뇌는 외부로부터 끊임없이 밀려드는 시각 이미지들을 처리하고 정리하고 거르느라 분주하다. 인간의 정신이 자기만의 활동을 하는 시간은 잘 때뿐이다.

나는 이제 내 몸의 소리에 귀를 기울일 줄 안다.

몸이 배고픔을 호소한다.

굶기를 밥 먹듯 하다 보니 배가 꼬이는 듯한 통증도 어느덧 사라졌다.

시도 때도 없이 들리는 폭발음, TV 속 전쟁 장면들, 이 모든 것에 익숙해진 나 자신을 발견한다.

뭐든 처음이 제일 힘들다. 욕을 하고 괴롭다가도 어느 단계를 넘어서면 익숙해진다, 새로운 삶의 조건으로 받아들이게 된다.

나는 요즘도 가끔 밖에 나가 쥐를 잡아 온다. 처음에는 질색하던 인간들도 눈에 거슬리지 않게 머리와 다리, 꼬리를 떼 내고 삶아서 속이 하얀 회색 과일처럼 만들어 내

놓으면 마다하지 않는다. 인간에게 시각은 다른 모든 감각을 압도하는 폭압적 감각임을 새삼 확인하게 된다.

피타고라스는 삶은 쥐 고기를 마지못해 조금 입에 댈 뿐이다. 안젤로는 활력이 넘친다.

나는 소파에 늘어져 있다 기지개를 켜면서 몸을 일으킨다. 지금 같은 전시에는 집 안에 머무는 게 에너지 소모를 줄이고 허기를 억제하는 방법이지만 식솔을 굶기지 않으려면 밖으로 나가야 한다.

그동안 몇 번 외출을 감행할 때 만났던 소총으로 무장한 인간들은 오늘 보이지 않는다. 간혹 한둘 마주쳐도 쫓기듯 걸음을 재촉하거나 자동차 뒤로 후다닥 몸을 숨긴다. 그들의 공포와 땀, 분노가 느껴진다.

드물게 무리를 지어 나다니는 인간들은 마구잡이로 총을 쏴댄다. 고양이라고 봐주지 않는다.

쓰레기 더미를 얼씬거리는 쥐들이 오늘따라 유난히 호전적으로 보인다. 한 놈을 골라 접근하자 주변에 있던 쥐들이 일제히 동족을 구하러 달려든다. 5대 1. 체격이 유리해도 수적으로 열세라고 판단해 돌아서는 순간, 뜻밖의 사냥감이 포착된다. 까마귀. 녀석들이 쓰레기 더미에 앉아 톡톡대며 모이를 쪼고 있다.

나는 한 놈을 목표로 정해 뒤쪽에서 기습 공격을 감행한다. 이빨로 목덜미를 물면서 발톱으로 날개를 내리누른다. 뒤엉켜 난투를 벌이는 동안 깃털과 솜털이 안개처럼 일어난다. 가까스로 몸을 뺀 까마귀가 매섭게 부리질을 해대며 날개를 퍼드덕거리다 날아오르지 못하고 떨어진다. 나는 다시 앞발로 그를 압박하며 고개를 숙여 말을 건다.

반가워요, 까마귀 씨.

대답 대신 적대적인 파동이 전해져 온다. 나는 허비할 시간도 없고 거리 분위기도 흉흉해서 얼른 새의 숨통을 끊는다.

나는 덩치가 만만치 않은 까마귀를 바닥에 질질 끌면서 집으로 향한다.

인간들도 새를 먹는 것 같았어. 틀림없이 쥐보다는 좋아할 거야. 집으로 가는 발걸음이 날듯이 가벼워진다.

그런데, 눈앞에 보이는 피타고라스의 집 굴뚝에서 때아닌 연기가 피어오른다. 짙은 갈색 연기가 탐스러운 깃털 장식처럼 하늘로 치오르고 있다. 예감이 안 좋아. 나는 물고 있던 먹잇감을 내려놓고 뛰기 시작한다. 집 앞 나무를 타고 지붕에 올라가서 열려 있는 3층 창문을 넘어 안으로 들어간다. 1층으로 뛰어 내려가자 믿기지 않는 광경이 펼쳐진다. 차가 들이받은 현관문이 경첩이 뜯긴 채 부서져 있고 거실은 폐허로 변해 있다. 심장이 터질 듯이 쿵쾅거린다. 안젤로? 피타고라스? 나탈리? 다리에 힘이 풀리고 숨이 턱 막힌다. 호흡을 가다듬으면서 주변을 둘러보던 내 눈에 피가 흥건한 마룻바닥에 엎어져 있는 소피가 보인다. 죽었어! 그녀는 자신을 지켜 주지 못한 소총을 여전히 손에 움켜쥐고 있다.

조금 떨어진 벽난로 앞에서 인간들이 낄낄거리며 왁자지껄 떠들고 있다.

약탈자들. 수염이 덥수룩하고 깡마른 사내 셋(어! 저건 토마잖아?)이 벽난로 속을 들여다보느라 내가 들어온 줄도 모른다. 왜 저렇게 연기가 많이 나지? 나는 차마 눈 뜨고는 볼 수 없는 장면을 목도한다. 놈들이 펠릭스를 꼬챙이에 꽂아 빙글빙글 장작불에 굽고 있다. 벌써 다리 하나가 보이지 않는다.

사실이었어. 인간들이 우리를…… 먹는구나!

나는 가슴에서 치밀어 오르는 불덩이를 누르느라 침을 삼킨다. 증오는 걷잡을 수 없는 분노로 변한다.

그래, 감정에 휘둘리지 말자.

어서 작전을 짜자.

나는 일단 수류탄을 훔쳐 낼 생각으로 발소리를 죽여
다가간다. 그런데 마루가 삐걱, 소리를 내자 세 놈이 일제
히 몸을 돌린다.

「바스테트!」

토마가 나를 가리키며 소리를 지른다.

그가 순식간에 레이저 포인터를 꺼내더니 내 앞발에
빨간 불빛을 쏜다.

안 돼! 제발! 레이저는 안 돼!

나는 유혹을 참기 위해 피타고라스의 말을 떠올린다.
〈욕망이 없으면 고통도 없다.〉 자유롭다는 것은 누구에
게도 어느 것에도 종속되지 않는 것이다. 한갓 움직이는
빨간 불빛에 미혹될 순 없다.

토마가 오른손에는 레이저를 왼손에는 큼지막한 칼을
들고 성큼성큼 다가온다.

빨간 불빛에 정신이 혼미해진다……. 그러나 꼬챙이에
꿰어진 펠릭스가 눈에 들어오는 순간 정신이 번쩍 든다.
토마는 내 새끼를 넷이나 죽인 놈이야. 나는 정신을 차리
고 부서진 문을 지나 밖으로 달아난다.

토마가 나를 뒤쫓기 시작한다.

숨을 곳을 찾아야 한다. 당장! 고양이 출입구를 통해 우리 집에 들어가자마자 토마가 현관문을 걷어차 넘어뜨리면서 뒤따라 들어선다. 이제 저 괴물로부터 나를 보호해 줄 수 있는 건 아무것도 없다.

어디로 숨지? 토마가 집 구조를 훤히 아니까 위층으로 달아나 봤자 금세 잡힐 거야. 그래, 그때 생쥐처럼 지하실로 몸을 피해야겠다. 내가 냅다 지하실 입구를 향해 달리자 토마도 따라 뛰기 시작한다. 됐어! 나는 다행히 열려 있는 지하실 문을 쏜살같이 지나 계단을 내리닫는다. 무거운 발소리가 나를 바짝 뒤쫓고 있다.

전기가 작동하지 않아 다행이라고 안도하는 순간, 토마는 벌써 불을 붙인 양초를 손에 들고 있다. 다행히 촛불은 전구처럼 밝지는 않다. 그가 촛불을 이리저리 비추며 내 이름을 부른다. 나는 포도주 상자를 쌓아 놓은 곳에 올라가 납작 엎드린다. 수염을 뺨에 붙이고 귀를 뒤로 납작하게 눕힌 상태에서 숨을 죽이고 그의 움직임을 주시한다. 턱 근육을 조였다 풀었다 하면서 당장 달려들어 물 수 있게 공격 자세를 취한다.

토마가 친근하고 다정한 목소리로 내 이름을 계속 부

른다.

내 동공이 커진다. 어둠 속에서는 내가 토마보다 유리하다.

내가 반응하지 않자 그의 목소리에서 서서히 살가운 기운이 사라진다. 그가 발악을 하면서 물건을 닥치는 대로 깨두드리고 부수기 시작하자 지하실은 아수라장이 된다.

나는 몸을 꽁꽁 숨기고 냉정을 유지하면서 때를 기다린다.

드디어 그가 발밑을 지나간다. 나는 그를 덮치며 눈을 세게 할퀸다.

그가 비명을 지르면서 칼을 떨어뜨리지만 나는 물러나지 않고 발톱을 더 깊이 박아 넣는다. 내 피에 흐르는 선조들의 전투 본능이 그동안 쥐와 까마귀를 상대하면서 서서히 되살아난 것이다.

토마가 고통으로 몸을 뒤틀면서도 한쪽 다리를 잡아 나를 벽으로 내동댕이친다. 놈을 장님으로 만들진 못했지만 치명상을 입혔다는 사실을 확인하면서 나는 전의를 가다듬는다. 기합을 넣듯 우렁찬 울음소리를 내면서 그의 얼굴을 향해 앞발을 뻗는다. 인간과 맞붙기는, 더군다나 이런 육탄전은 난생처음이다. 쥐나 까마귀와는 비교가 안 되는 막강한 상대임을 인정하지 않을 수 없다. 토마가 나를 밀쳐 낸다. 나는 사뿐히 착지했다 다시 위로 뛰어올라 몸을 숨기고 공격 기회를 노린다. 그가 등을 돌리는 순간 내리 덮치며 한쪽 어깨를 세게 문다.

악, 하는 비명 소리와 함께 그가 들고 있던 양초가 헌 옷 상자에 떨어진다.

문득 엉뚱한 생각이 떠오른다. 남에게 상해를 가하거나 전투와 전쟁을 일으키는 것도 실은 초보적인 소통의 형태가 아닐까?

소통이 불가능하다 보니 서로 치고받고 싸우게 되는 게 아닐까? (어이, 안녕, 토마!)

생각이 꼬리에 꼬리를 문다. 누군가를 죽이려 한다는 건 상대에게 관심이 있다는 뜻이고, 자신의 의사를 그에게 전달하려는 의지가 있다는 뜻이지.

토마가 내 이름을 계속 부르는 것도 나에게 뭔가 자신의 의사를 전달하고 싶다는 뜻이겠지. 〈뒈져, 바스테트〉, 이런 얘기겠지?

넘실거리는 불길이 삽시간에 신문지를 쌓아 놓은 나무 상자들로 옮겨붙는다. 상자들이 불쏘시개가 되어 타닥타닥 소리를 낸다. 주위가 환해지면서 온도가 급격히 치솟는다. 지하실 안에 매캐한 연기가 가득 찬다. 천장 한쪽이 우지끈 소리를 내며 주저앉는다. 질식하거나 불에 타 죽지 않으려면 당장 여길 빠져나가야 한다.

붉은 화염이 이미 나를 에워싸고 있다.

나는 필사적으로 몸을 흔들어 꼬리에 붙은 불을 끈다.

몸 전체로 불이 옮겨붙는다. 토마가 길길이 날뛰면서 목이 터져라 내 이름을 부른다.

동공이 작아진다. 출구가 보이지 않는다.

이때, 귀에 익은 울음소리가 들린다. 〈이쪽이야.〉

피타고라스가 환기창을 깨고 밖에서 나를 부르고 있다. 탈출구로 뛰어오르는 순간, 불길 속에서 나타난 손이 내 꼬리를 움켜잡는다.

가장 예민한 부위라서 누가 만지는 게 딱 질색인데, 잡고 비틀기까지 하네. 짐승 같은 놈이 내 꼬리를 끊어 놓을 작정인가!

나는 꼬리를 잡힌 채 거꾸로 매달려 버둥거린다.

몸부림을 쳐봐도 도저히 발톱과 이빨을 쓸 재간이 없다.

이때, 피타고라스가 토마의 어깨로 뛰어내리더니 팔을 타고 내려와 손목을 꽉 문다. 토마가 비명을 지르면서 내 꼬리를 손에서 놓는다.

나는 몸을 솟구쳐 피타고라스를 뒤따라 지하실 환기창을 통해 불지옥을 빠져나간다. 우리는 냅다 뛰어 길 건너 나무 위로 도망친다. 내 심장은 여전히 달음박질치지만 막혔던 숨통이 트여 바깥 공기가 몸속으로 흘러 들어온다. 피타고라스가 내 코를 톡 건드린다.

　「대단한 결투였어. 그렇게 분노에 찬 인간은 처음 봤어. 너한테 무슨 개인적인 원한이라도 있는지, 보고도 믿기지 않더라.」

　나는 넋이 나가 화염에 휩싸인 집을 바라본다. 토마는 빠져나오지 못한다. 그제야 안도의 한숨이 나온다. 이로써 조금이나마 펠릭스의 원수를 갚은 걸까. 새하얀 털에 노란 눈이 박혔던 순종 앙고라고양이가 떠오른다. 캣닙이라면 사족을 못 쓰고 허송세월하던 한심한 고양이지만 그렇게 생을 마감해야 할 만큼 잘못한 일은 없다.

　피타고라스와 나는 어느 정도 마음이 진정됐다 싶을 때 나무에서 내려온다. 바닥으로 뛰어내리는 순간 토마의 졸개 두 놈과 시선이 마주친다. 그들이 총질을 해대며 우리를 뒤쫓기 시작한다.

　우리는 죽을힘을 다해 달리다 좁은 골목의 모퉁이를

돌아 몸을 숨긴다.

「어떻게 된 일이야?」

나는 그제야 피타고라스에게 사정을 묻는다.

「네가 나가고 나서 금방 아까 그 세 놈이 차를 타고 문을 부수면서 들이닥쳤어. 급습을 당해 우왕좌왕하는 사이에 소피가 제일 먼저 목숨을 잃었어. 상황 판단력이 떨어지는 펠릭스가 당연히 놈들의 손쉬운 타깃이 됐지. 소피가 죽는 걸 보고 나탈리는 뒷문으로 도망을 쳤어. 나도 네 아들 안젤로의 목덜미를 물고 지붕으로 달아났어.」

「안젤로가 살아 있구나!」

「사크레쾨르 성당 꼭대기에 있는 우리 아지트에다 안전하게 데려다 놨어.」

순간 콧날이 시큰하고 눈시울이 뜨거워진다.

「안젤로는 위험에서 벗어난 것 같아 나는 다시 급히 발길을 돌렸지. 네가 집에 돌아올 테니까.」

피타고라스가, 나 때문에, 위험을 무릅쓰고 돌아왔다는 거지?

「어서 가자! 아들이 너무 보고 싶어.」

제2권에 계속

옮긴이 **전미연** 서울대학교 불어불문학과와 한국외국어대학교 통번역대학원 한불과를 졸업했다. 파리 제3대학 통번역대학원(ESIT) 번역 과정과 오타와 통번역대학원(STI) 번역학 박사 과정을 마쳤다. 현재 전문 번역가로 활동하며 한국외국어대학교 통번역대학원 겸임교수로 재직 중이다. 옮긴 책으로는 베르나르 베르베르의 『잠』, 『파피용』, 『제3인류』(공역), 『만화 타나토노트』, 엠마뉘엘 카레르의 『리모노프』, 『나 아닌 다른 삶』, 『콧수염』, 『겨울 아이』, 카롤 마르티네즈의 『페맨 심장』, 아멜리 노통브의 『두려움과 떨림』, 『배고픔의 자서전』, 『이토록 아름다운 세 살』, 기욤 뮈소의 『당신, 거기 있어 줄래요?』, 『사랑하기 때문에』, 『그 후에』, 『천사의 부름』, 『종이 여자』, 발렝탕 뮈소의 『완벽한 계획』, 다비드 카라의 『새벽의 흔적』, 로맹 사르두의 『최후의 알리바이』, 『크리스마스 1초 전』, 『크리스마스를 구해 줘』, 알렉시 제니 외의 『22세기 세계』(공역) 등이 있다. 「작은 철학자 시리즈」를 비롯한 어린이책도 여러 권 번역했다.

고양이 1

발행일   2018년 5월 30일 초판 1쇄
        2023년 12월 30일 초판 43쇄

지은이   베르나르 베르베르
옮긴이   전미연
발행인   홍예빈·홍유진
발행처   주식회사 열린책들

경기도 파주시 문발로 253 파주출판도시
전화 031-955-4000 팩스 031-955-4004
www.openbooks.co.kr

Copyright (C) 주식회사 열린책들, 2018, *Printed in Korea.*
ISBN 978-89-329-1912-6 04860
ISBN 978-89-329-1911-9 (세트)

이 도서의 국립중앙도서관 출판예정도서목록(CIP)은 서지정보유통지원시스템 홈페이지(http://seoji.nl.go.kr)와 국가자료공동목록시스템(http://www.nl.go.kr/kolisnet)에서 이용하실 수 있습니다.(CIP제어번호:CIP2018013778)